Wolf Wondratschek
Gedichte/Lieder

Wolf Wondratschek
Gedichte/Lieder

ZWEITAUSENDEINS

Den ersten 3.000 Exemplaren dieser Auflage liegt das Gedicht *Wie gut ich immer schlief* bei, nummeriert und vom Autor handsigniert.

1. Auflage, April 2003

Umschlagfoto von Kai Torsten. Foto Seite 2 von Fatima Igramhan,
Foto Seite 291 von Sepp Dreissinger.
Satz und Herstellung: Dieter Kohler GmbH, Nördlingen.
Druck: Gutmann + Co GmbH, Talheim.
Bindung: G. Lachenmaier, Reutlingen.
Printed in Germany.

Dieses Buch gibt es nur bei Zweitausendeins im Versand, Postfach,
D-60381 Frankfurt am Main, Telefon 069-420 8000, Fax 069-415 003.
Internet www.Zweitausendeins.de, E-Mail info@Zweitausendeins.de.
Oder in den Zweitausendeins-Läden in Berlin, Düsseldorf, Essen, Frankfurt am Main, Freiburg, 2× in Hamburg, in Hannover, Köln, Mannheim, München, Nürnberg, Stuttgart.

In der Schweiz über buch 2000, Postfach 89, CH-8910 Affoltern a.A.

ISBN 3-86150-473-1

Chuck's Zimmer

Zur Zeit als das Buch verfaßt wurde,
war dieser Gedanke, daß den Menschen
Willenskraft gegeben sei damit sie zwischen
Wahnsinn einerseits und Irrsinn andererseits
wählen, etwas, das ich belustigend fand und
für möglicherweise durchaus wahr hielt.

Aldous Huxley – *Brave New World*

Prolog

In Europa geboren,
begann ich die mörderische Reise
durch alle Prophezeiungen der westlichen Welt.

In Deutschland
brachte ich Kartoffelbrei zum Blühen.
Das Fernsehen gab mir Gelegenheit,
meine Meinung zu sagen.
Ich redete drauflos,
besoffen vom Leitungswasser wie alle Marxisten.
Mit einer Prinzessin im Arm,
die das Königreich zerkleinerte.
Das war gestern,
als der Professor durchs Gebirg ging.

Morgen,
wenn alles vorbei sein wird,
werde ich Brot kauen,
um mich zu segnen.

Langes Gedicht über eine Sekunde

Nichts hat sich geändert, wenn man einem Typ wie ihm die Hand drückt.
»Ah, sieh an, der Wondratschek...« sagt er und läßt sich meinen
Namen auf der Zunge zergehn, dafür ist er ja wie geschaffen
und ich sag gleich »Ah, wie gehts?!
Wir stehn beide da, ich daneben. Daneben noch zehntausend Menschen.
Mitten im Gewühl der Buchmesse.
Er lacht,
lacht wie ein Marxist, der verlegen ist,
er hat mich mindestens drei Jahre nicht mehr gesehn, hat nichts
mehr gelesen, nichts mehr gehört, außer natürlich
dem üblichen Schwung an kleinem Geschwätz
und wenn es stimmt, was mir neulich ein Freund erzählte,
so ist die derzeitige Version meines Lebens die,
ich hab für den Rest meines Lebens im Lotussitz platzgenommen
und würd mit Mannequins rummachen,
okay, wir schaun uns an
und da ich nicht gerade nach Arbeit aussehe –
wie sieht denn ein arbeitender Dichter aus? –
stört ihn was,
er denkt Aha! und sagt dann Soso, der Wondratschek...
Da er mich solange nicht mehr gesehn hat, schaut er einmal an mir rauf
und einmal runter,
ich bin barfuß,
er sieht das
und mit seiner Verlegenheit ist es mit einem Mal vorbei,
»Der Wondratschek«, sagt er, »aber auf die Buchmesse kommen tut er«,
dreht sich um und schenkt sich einen Schnaps ein.
»Du auch?«
Ich schüttel den Kopf. Danke!
»Keinen Alkohol, seit wann das?!«
Jetzt entsteht eine Pause, ein Loch mitten im Gewühl, was jetzt?

Er sagt nochmal »Keinen Alkohol, komisch« und irgendwie zögert er
und sagt dann,
indem er seinen rechten Arm bewegt, zur Demonstration dessen,
was er nicht auszusprechen wagt,
»Und jetzt das da, eh?!«
Ich weiß, was er meint,
schau ihn an, schau ihn mir an,
ganz genau und gerade solange, bis ich Mitleid spüre,
eigentlich sollte ich ihm eine verpassen, so trocken
daß es jedem hier Spaß macht,
aber sein Gesicht kommt mir nicht stabil genug vor,
außerdem mag ich ihn.
Wenn wir früher mal zusammen ins Puff gegangen wärn
anstatt immer nur in der Funkkantine,
wir wärn bestimmt zeitlebens gut miteinander ausgekommen,
aber so liefs halt nicht besonders.
Da steht er und redet, weils überhaupt nichts zu sagen gibt,
einfach weiter
und ich denk mir,
nichts hat sich geändert, der redet immer noch soviel
und ist immer noch auf die kleinen Buchhändlerinnen scharf wie damals,
als ich auch noch scharf war auf sie ...
»Wo steckst du?« will er wissen
und ich sag München,
»... die unnötigste Stadt Deutschlands« sagt er noch
und dreht sich ab,
wahrscheinlich wär er mir noch gern auf die Zehen getreten,
ganz leicht nur,
nur um mir zu beweisen,
daß er recht hat.

König-Ludwig-Lied

Ich habe dem König geschrieben
Ich liebe dich
Ich bin ein Fan von dir
Ich komme
Ist das okay
Die Antwort kam nachts aus dem Radio
Zwei Jahre später
Ich war allein und rauchte noch eine
Da ging die Tür auf im weißen Café
Da stand er
Versteht ihr
Der König Ludwig II.
Vollkommen unsichtbar und wahnsinnig schön
Wie eine Lady bei Vollmond
Umnachtet vom Föhn
Wir flogen ab in Richtung Paradies
Wir liebten uns in Seitenstraßen
Komm auf mein Schloß
Ich liebe dich
Ich bin dein Fan
Bis wir auch das vergaßen
Vollkommen unsichtbar und wahnsinnig schön
Die Lady nackt auf meinem Knie
Er lebt noch sagen die Bauern
Nur gesehen wurde er nie
Wir liebten uns
Wir gaben uns den Rest
Wir wollten Hochzeit feiern
Komm mit bevor es Tag wird sagte der König
Der Ort heißt Orient
Und liegt in Bayern

Inzwischen war die Sonne da
Wir gaben uns die letzten Küsse
Und da ich ihn umarmte
Fühlte ich die ersten Risse
Der König lachte krank
Und griff nach mir
Und griff daneben
Es war frühmorgens wie immer zehn nach vier
Ich bin unsterblich sagte der König
Nur etwas fehlt mir
Und das ist mein Leben

Supergirl

Es ist soo schön
Das ist verboten

Das Supergirl geht in den Supermarkt
Klaut alles was es gibt an Sonderangeboten
Raubt dann in Superform die Kasse aus
Und nimmt gleich noch die kleine Angestellte mit

Es ist soo schön
Das ist verboten

Die beiden fahren Taxi
Rauchen einen Joint
Das Supergirl verkauft das Zeug bei Rot auch an den Fahrer
Die kleine Angestellte hat noch nie
Und zieht zum erstenmal
Und sieht danach dann vieles umso klarer

Es ist soo schön
Das ist verboten

Das Supergirl nimmt ihr das rote Schleifchen aus dem Haar
Im Radio läuft den ganzen Tag nur Superrock
Hau ab sagt Supergirl
Hier nimm das ganze Geld
Du hast die freie Wahl
Fahr nach Amerika oder nach Osten
Nimm schon die Scheine
Fahr auf meine Kosten
Ich mach ne Menge Supergeld
Und alles illegal

Es ist soo schön
Das ist verboten

Weicher Computer

Du kamst zu mir
Ein wildes Tier verläßt den überfüllten Dschungel
Weicher Computer
Weicher Computer

Wir haben nichts getan
Wir hatten wirklich keine Zeit was anderes zu machen
Wir haben jede Nacht die ganze Welt verlacht
Wir haben uns die Sterne auf die Jeans gestickt
Wir haben uns als Träume mit der Post verschickt
Wir haben trips geschluckt und nachgedacht und rumgefickt
Wir haben nichts getan
Wir hatten damals keine Zeit was anderes zu machen

Du kamst zu mir
Du warst ein wildes wunderbares Tier
Weicher Computer
Weicher Computer

Die Freiheit war der falsche Mann für dich
Du bist jetzt einundzwanzig und schon ziemlich alt
Versteh mich recht schreit sie drei Jahre später irgendwo ins Telefon
Was ich jetzt brauche ist ein wenig Sicherheit
Die Sicherheit von einer sicheren Million
Die Freiheit war der falsche Mann für dich
Du bist erst einundzwanzig sag ich noch
Versteh mich recht
Und hänge auf
Denn mir wird schlecht

Adam jr.

Adam las die Bibel
Eva kaute Obst
Gott schlief die meiste Zeit
Es war so
Jeder kannte jeden
Die Schlange war der Chef im Garten Eden

Das Paradies war offensichtlich reine Nervensache
Ich weiß jetzt auch nicht so genau wie's weitergehen soll

Gott träumte schlecht
Er sah die Schlange die es mit der Mutter trieb
Aus war die schöne Theorie
Vorbei der Traum
Die Affen paarten sich mit dem was übrigblieb

Das Paradies war offensichtlich reine Nervensache
Ich weiß jetzt auch nicht so genau wie's weitergehen soll

Gott wachte auf
Ich kam im Ruhrgebiet zur Welt
Die Sache hat sich seitdem zugespitzt
Sonntags sitzt Gott im Irrenhaus
Teilt Würfelzucker aus
Und glaubt er sei ein Held

Das Paradies war offensichtlich reine Nervensache
Ich weiß jetzt auch nicht so genau wie's weitergehen soll

Café Capri

Anna sagt
Es gibt keinen Mann,
der mich noch irgendwie begeistern kann;
ich kenn nur eine Art von Mann –
der Typ, der Scheiße redet,
bis er endlich ficken kann.

Ich brauche dich
Ich hänge in der Luft
Und du kannst fliegen

Anna sagt
Alles völlig leer,
ich spür nichts mehr;
ich laß mich mal vom Auto überfahren –
nur so aus Spaß, um zu erfahren,
ob ich noch was spür.

Ich brauche dich
Ich hänge in der Luft
Und du kannst fliegen

Anna sagt
Ich liebe mich
und hasse mich;
ich weiß es auch nicht mehr –
ich fühl mich wie ein Raumschiff
mitten im Straßenverkehr.

Ich brauche dich
Ich hänge in der Luft
Und du kannst fliegen

High Noon Anna

Chuck ist scharf auf High Noon Anna
Aber High Noon Anna ist verrückt

Chuck kommt damals 66 in den Laden rein
Trifft High Noon Anna
Trinkt an ihrer Fanta
Und landet auf dem trip

Chuck ist scharf auf High Noon Anna
Aber High Noon Anna ist verrückt

Rutscht nach unten in die Wolken
Zum erstenmal im Leben bunt gebogen
Beim Rauskriechen aus der Spirale denkt er
Mann das kann doch nicht sein
Daß mir jemand stundenlang hinten am Gürtel zieht
Draußen fahren jede Menge Lastwagen durch die Gegend
Ein Radfahrer sieht aus als würde er heimlich Grabsteine transportieren

Chuck ist scharf auf High Noon Anna
Aber High Noon Anna ist verrückt

Auf dem Weg in die Klinik findet Chuck endlich eine Parklücke
Zuhause kriecht er ins Bett
Schlafen denkt er
Schlafen antwortet er
Ratlos überquert er eine Erde
Mondlicht fällt wie Ungeborenes vom Himmel
Chuck will etwas sagen im Hinblick auf die Fanta
Unmöglich

The ticket that exploded

Die große Nummer ist gelaufen
Du nimmst den letzten Zug
Dreiviertel acht
Nachhause in die Wirklichkeit
Doch da steht wieder dieser sonderbare Typ
Er schaut dich an
Und dir wird plötzlich klar
Die große Nummer war gelogen

Die große Nummer ist gelaufen
Du lehnst erschöpft am Seitenfenster
Dreiviertel acht
Nachhause in die Wirklichkeit
Doch da steht wieder dieser sonderbare Typ
Er schaut dich an
Und dir wird plötzlich klar
Der Bahnhof fliegt
Der Zug steht da
Die Schienen sind verbogen

Die große Nummer ist gelaufen
Er schaut dir zu wie's weitergeht
Dreiviertel acht
Nachhause in die Wirklichkeit
Er schaut dich an
Und dir wird plötzlich klar
Es funktioniert
Bleib hier
Dein Ticket explodiert

Mitternachts-Mandala

Ich lieg im Bett
Und rundherum nur dunkle Nacht
Ich geh den Berg hoch
Um dort irgendjemand zu treffen
Der mir zeigt
Wie einfach das ist
Bei Sonnenaufgang wieder runterzugehn
Ins Tal

Tod von M. C. Escher

Er möchte nach seinem Tod gern
ein offenes Fenster sein, sagte er noch,
bevor er dann tatsächlich umfiel
und die Tür zum Fahrstuhl verklemmte,
der gerade zum 46. Stockwerk hochfuhr.
Was aus der Sicht des toten Escher
sicher komisch ausgesehen hat, wie wir da oben
alle vom Himmel plötzlich auf ihn
herunterschauten.

Lied

Picknick auf einer Blutfontäne
Versteht ihr
Das ist nicht das Richtige
Die Mädchen treten in der Ein-Mann-Show auf
Und die Typen (ganz harte Burschen) drehn allmählich durch
Glaubt mir
Eine warme Stelle in einem menschlichen Bett
Ein Aufwachen zum Anfassen
Das ist alles
Der alte Film ist nicht das Richtige
Der alte Film ist nicht das Richtige
Eine warme Stelle in einem menschlichen Bett
Ein Aufwachen zum Anfassen
Das ist alles

Picknick auf einer Blutfontäne
Versteht ihr
Das ist nicht das Richtige
Die Mädchen warten bis sie im Himmel angerufen werden
Und die Typen (alles harte Burschen) drehn allmählich durch
Verrückt
Glaubt mir
Zu kompliziert
Als würde ein Stuhl im Bett stehen
Der alte Film ist nicht das Richtige
Der alte Film ist nicht das Richtige
Ruf ein Taxi
Für immer

Letzte Ausfahrt

Letzte Ausfahrt
Dahinter nichts mehr
Letzte Ausfahrt
Der blaue Autobus ist leer
Sie haut sich ne Cola rein um nicht alleinzusein
Er sucht sich ein schattiges Plätzchen und quält die Sonne

Laß sie lügen
Laß sie betrügen
Laß sie die Motten kriegen

Letzte Ausfahrt
Dahinter nichts mehr
Letzte Ausfahrt
Dein Herz fällt sanft in Wellen tief ins Meer
The trouble with fiction is that it makes too much sense
Buddhismus zwischen Bier und Nescafé
Gott und Gemahlin werden auferstehn und langsam über Leichen gehn
Schau nicht zurück was einmal war
Was wiederkommt
Wirf alles weg und geh

Laß sie lügen
Laß sie betrügen
Laß sie die Motten kriegen

Der blaue Autobus
Dort steht er
Leer
Letzte Ausfahrt
Nichts mehr

Nach einer langen Zeit beweg ich mich endlich
Es ist drei Uhr nachmittags
Zehn Jahre sind vergangen

Chuck

Chuck's Zimmer

Chuck wacht auf
Die Erde ist leer
Hunde streunen um die Kommode
Neben dem Plattenspieler liegt eine Art Schlagzeuger
In der andern Ecke liegt der Rest
Die Mädchen die Haferflocken essen sind auch da
Alles komplizierte Menschen denkt Chuck
Steigert seine Aufmerksamkeit
Und stößt buff buff die ersten Sätze aus
Steht auf um zu duschen
Hinter der fünften Wand begegnet er einer Frau
Sie wünscht sich angefallen zu werden
Breitbeinig wie im Märchen
Und unglaublich obszön
Um ihr Herz das sich nach der Liebe sehnt auf der tätowierten Seele eines alten kostbaren Teppichs verbluten zu lassen

Too late
To be legal
Too late
To be legal

Chuck streicht sein Zimmer schwarz an
Montiert den alten Ventilator an die Decke
Legt seine Hand in ein leeres Wasserglas
Zündet mit der andern sein Frühstück an
Das Feuer greift auf seine Schreibmaschine über
»Silver« sagt er leise »ist das der pazifische Ozean der dort hinten schwimmt?«
Dann verdoppelt Chuck seine Anstrengung den Brand zu ersticken
Schaltet den Ventilator ab
Nimmt die Hand aus dem Glas

Schaut einige Zeit ganz ruhig um sich
Meine tägliche Portion Licht denkt er
Die Flammen waren den Versuch wert

Too late
To be legal
Too late
To be legal

Sonntag und schon lange tot
Die Leber macht wieder Schwierigkeiten
Auch die festen Gegenstände weisen einen weichen Knick auf
Zuerst findet er den Lichtschalter nicht
Um sich zu orientieren streckt Chuck die Hand aus
Schon sitzt die erste Fliege drauf
Nur keine Panik denkt Chuck
Und geht um sich abzulenken Schuhe kaufen

Too late
To be legal
Too late
To be legal

Henry Miller geht wieder auf den Strich

Die Show ist restlos ausverkauft
Die toten Typen tanzen Rock'n Roll
2001 steht an der Wand in Kreide
Ein Raumschiff wird in Elvis umgetauft

Jim Morrison kommt extra angereist aus Ostberlin
Dürer bemalt den Petersplatz
Dali versteigert Mondgestein
Dann kommt der Höhepunkt
Ein Astronaut schreit auf
Jesus trifft ein

Die Show ist restlos ausverkauft
Die toten Typen tanzen Rock'n Roll
Um Mitternacht erscheint auch Marylin
In einem Reißverschluß aus reiner Seide

Jesus bewundert sie in ihrem Kleid
A. Hitler hat fünfundzwanzig Falten im Gesicht
Buddha ist weise schweigt und zeigt die Hände
Brummbär steht neben Morrison und prophezeit das Ende
Ein Boxer aus der DDR wird Weltmeister im Schwergewicht

Die Show ist restlos ausverkauft
Die toten Typen tanzen Rock'n Roll
2001 steht an der Wand in Kreide
Ein Raumschiff wird nach dir getauft

Gizeh

Der Typ tut nichts
Sitzt in der Wüste rum
Die Sonne scheint
Nur er sieht Schnee

Ein Typ wie du
Genau der gleiche Zeitvertreib
Sitzt in der Wüste rum
Und hält den Sand am Horizont für ihren Unterleib

Der Typ sagt sich
Mal sehn was jetzt passiert
Dann hört man lange nichts von ihm
Dann – Jahre später – taucht er wieder auf
Von Kopf bis Fuß mit Sonnenzeichen tätowiert

Ein Typ wie du
Der glaubt er hat's kapiert
Und sich aus Liebe zu Kleopatra
Vollständig einbalsamiert

Der Typ tut nichts
Sitzt in der Wüste rum
Die Sonne scheint
Nur er sieht Schnee

Rock'n Roll Freak

Der Freak wird eingeliefert und der Arzt sagt ihm, wenn er so
weitermacht wie jetzt, wird er totsicher sterben
»Mach keine Witze, Alter!« sagt der Freak, ich bin nur hier,
um mir die Haare schwarz zu färben

Was soll ein Typ wie du schon machen außer weitermachen
Was soll ein Typ wie du schon machen außer weitermachen

Jetzt liegt der Freak in einem weißen Bett in einem weißen Raum
im Krankenhaus
Und singt der Krankenschwester vor, was Bowie sang, weil er sich
denkt: na klar, so komm ich schneller wieder raus

Was soll ein Typ wie du schon machen außer weitermachen
Was soll ein Typ wie du schon machen außer weitermachen

Die längste Nacht beginnt am nächsten Morgen und Gott im Himmel
sagt zu ihm, du kommst nicht rein, wir sind schon voll
»Mach keine Witze, Alter!« sagt der Freak, mach auf, mich interessiert
nur eins, was hier im Jenseits läuft in Sachen Rock'n Roll

Hamburg 4

Mann, er hat wirklich alles ausprobiert,
aber entweder war die Nummer zu groß, die er abzog
oder es war einfach zuviel Arbeit damit verbunden
oder sonstwas stimmte nicht,
es stimmte nicht, daß er bei seiner Alten am Fallschirm hing,
aber es war so
und jeder wußte das
und sie natürlich auch
und der Erfolg war, sie bringt keine müde Mark mehr nachhause,
es reichte für den Frisör und die Zigaretten
und er lag in seiner vergammelten Bude auf der faulen Haut,
alles zerfiel, die Liebe und der letzte Rest Geld
und das Ding, das an ihm dran hing, zerfiel allmählich auch,
seine Nase sah nicht mehr gut aus,
seine Reflexe waren beim Teufel, was er austeilte,
mußte er gleich wieder einstecken.

Manchmal, wenn er voll war, spürte er die Wellen von Größenwahn
in sein Hirn sickern,
tröpfchenweise wurde ihm dann klar,
daß er nicht ewig das alte Arschloch bleiben will,
das er gestern noch war,
er entschloß sich wieder mal, allem ein Ende zu machen
und sagte sich,
daß nur er, er allein in der Lage war, die ganz große Mark zu greifen
und dann ab nach Spanien,
aber weil Spanien verdammt weit weg war,
nahm er sich erstmal seine Alte vor und verprügelte das Stück,
weil er sich sagte,
das muß sein,
sie waren drei Mieten im Rückstand,

irgendein Zahnarzt schickte die letzte Mahnung
und Joe machte nicht mehr den Eindruck, als wolle er noch lange
auf sein Geld warten,
es sah düster aus,
im Fernsehen lief die Rakete, die zum Mond fliegt,
unten auf der Straße schippte einer Sand, gemütlich wie ein zum Tode
Verurteilter,
die Rakete,
das Weltall
und das hier,
er auf der Kloschüssel und irgendwie sah es aus, als hätte er
die letzte Nacht nur gelbe Farbe gesoffen,
neben der Schüssel lagen ein paar Zeitungen, die Beilagen zum Wochenende,
und obendrauf stand was, das hieß
DIE HISTORISCHE ARBEIT DES TÄGLICHEN LEBENS

Mann, er hat wirklich alles ausprobiert,
aber entweder war die Nummer zu groß, die er abziehen wollte
oder es war zuviel Arbeit
oder sonstwas stimmte nicht wie immer, wenn man losschlagen will,
er trieb sich rum,
trank wie ein Mörder,
schluckte drei Wochen Knast,
wartete auf den Sommer,
war nah dran am Überschnappen,
aber das lag ihm nicht,
dann lief die Geschichte mit den Stiefeln, die ihm irgendein Versager
als großes Geschäft angedreht hatte
und er stieg drauf ein, weil er sich dachte, der Winter kommt,
es gibt jede Menge Gastarbeiter, jede Menge Hippies
und als der Winter vorbei und es wieder Frühling war,
saß er immer noch auf der Ware
und weil man 10 000 Stiefel nicht einfach in der Jackentasche
aufbewahren kann, hatte er ne Garage mieten müssen,

er hatte sich wieder mal verschätzt
und das kratzte ihn, was sich darin äußerte,
daß er nichts mehr vertrug,
keinen Steifen kriegte, wenn s drauf ankam,
überall krochen die Ameisen über die Butter,
das Universum,
drei bunte Zahnbürsten und
drei verschiedene
Zimmer –
in einem der Zimmer unser Mann,
er bewegte vorsichtig den kleinen Finger,
wie Chaplin das gemacht hat,
um zu sehn, ob er abfällt,
aber dieser hier fiel nicht ab
und das genügte,
jetzt war er dran,
neben ihm die Rakete,
ein Glas Wasser,
Tabletten
und...

Kino

Da sitz ich
ganz hinten
ganz allein
im Kino
und möcht gern
tot sein
mit Tränen
in den Augen
jahrelang
mit beiden Armen
auf der Lehne

Die Nummer des Clowns

Wenn alle schlafen,
hört es ein kleines Kind,
geht in die Welt hinaus,
landet auf dem Mond,
raucht dort die erste Zigarette
und spürt beim Husten,
wo die Seele sitzt,
wacht auf,
Gute Nacht liebe Sonne!
und beginnt den neuen Tag damit,
auf das rechte Auge
des Astronauten
zu zielen.

5-Zeilen-Gedicht

Knall dich voll
Geh ins Kino
Mach die Augen zu
Die Bullen schießen wie wild
Aber sie treffen nur deine Cola

»Nimm mein Mädchen« sagt der Boxer »alles andere ist zu kompliziert!«

Ende Januar,
Zigarette im Mund,
durchzuckt vom Blaulicht des Fernsehers, der auf Hochtouren läuft,
wirklich Leute,
es gibt Tage und heute ist so einer,
die verlaufen so normal, daß man zum erstenmal wieder an Selbstmord denkt,
man wundert sich plötzlich, daß man noch am Leben ist,
rennt in die Küche, um noch einmal Kaffee zu kochen,
bevor es vielleicht zu spät ist,
aber wie so oft spüre ich das unheimliche Gefühl von Tapferkeit,
ohne zu handeln, ich fühl mich nicht recht in Form,
etwas so Grundsätzliches zu unternehmen
und dann konzentriert man sich der Einfachheit halber doch lieber
aufs Fernsehprogramm,
die Bilder fließen vorbei und jeder vernünftige Gedanke geht den Bach
runter,
der gute alte Preßlufthammer-Effekt, den sie dir als rosa Schließmuskel
andrehn wie alles Kulturelle,
ich bin bereit mich zu opfern,
aber nicht für all diese kleinen miesen Selbstmörder, die sich den Kopf
an die Schiene binden, weil die Eisenbahner streiken,
Christus, Buddha und ein brauner Fleck,
Männer, Frauen und Kinder mit Hunden, Hunden und Hunden,
das ist dein Publikum, Dichter, überzeug sie,
die alte Methode,
Kriege sind so weit weg wie die Pferdekutsche mit der Gräfin drin,
unsichtbar wie das schwarze Kästchen der Nonne,
meine unmittelbare Erfahrung mit dem Fernsehen beschränkt sich auf
eine Reihe nutzloser Gespräche, lausige Interviews,
die ich immer in einer genau ausgedachten, politisch symmetrischen
Harmonie absolvierte, rechts ein Konservativer, sonnengebräunt,

halbrechts der liberale Universitätslehrer, er läßt seine Schwäche für
Neger durchblicken, sobald es Zeit dafür ist,
in der Mitte Schweinchen Schlau, daneben meistens Günter Grass –
wie lange ist das her
und dann Poppy, auf seine Weise im Sitzstreik vor dem politischen Gegner,
den Kameras, der Kultur
und der Wein schmeckte schal, weil zuviele Lampen brannten,
was ging damals in Poppy vor,
wahrscheinlich nichts besonderes,
ich saß da und sagte mir: die schminken dir all deine guten grauen Zellen,
nageln ein Schild drüber und geben dich als neues Ausflugsziel bekannt!
Kultur begann auf mich zu wirken wie ein Hokuspokus
in der Spraydose, auf der Dose steht:
ZEIG EINEM BABY WIE MAN'S MACHT
ES SETZT SICH VON SELBST WIEDER ZUSAMMEN –
mein Kopf dröhnte hohl wie ein Heuhaufen,
der nur aus verlorengegangenen Stecknadeln besteht,
als sei ich als einziger der gesamten Menschheit dazu verdonnert,
die Langeweile, den Überdruß und die Rache eines Volkes
den heiligen Berg hochzuschleppen,
während im andern Kanal Sysiphos als Schlagersänger auftritt,
ich habs mir fast gedacht, mit einem Hausfrauenmund auf der Vorderseite,
der immer
KOMM DOCH!
sagt,
mein Fernseher kommt mir vor wie das Aquarium in der Chefetage,
ganz oben wo die Wolken nicht hinkommen,
angefüllt mit eleganten Züchtungen,
das Ganze untersteht einem Oberkellner, der früher mal ein bekannter
Diktator war,
dann kommt der Boxer auf einen Sprung rüber,
erzählt von seinem Mädchen,
gestern hat sie den ganzen Tag lang im Bett gelegen und sich
superelend gefühlt und nachts kicherte sie über ihre Anfälle
von Depression,

ich kenn sie, bin ihr mal begegnet, sie kam auf mich zu, vibrierte wie die Atemluft in einer Bambusflöte,
und sagte »Ich riech nach Militärsuppe, riech mal!«
ich fand das außergewöhnlich,
DER GROSSE RÜHRLÖFFEL TUT SEIN BESTES,
der Boxer grinst,
neben einer leeren Whiskyflasche an Land gespült und von einer flotten Schönen wieder zum Leben erweckt werden,
so wollte Papa Hemingway sterben,
deine Freundin wird irgendwann am Blitzlicht des Modefotografen ersticken
und ich lande in irgendeiner tödlichen Folterkammer,
die den Vorteil hat, ganz sanft zu funktionieren,
komische Zeiten,
früher jagte der Wahnsinn auf Rossen hinter seinem Opfer her
und heute kriegst du morgens ne Drucksache
mit dem Hinweis,
daß alle übergeschnappt sind.
Ich liege da wie ausgeflossen,
in mir zappeln alle Fische, denen ich das Wasser abgedreht habe,
nimm mein Mädchen, sagt der Boxer,
alles andere ist zu kompliziert,
neulich hatte sie nichts am Leib, nur ein Flugticket
um den Hals und hielt wieder den Leichter-als-Luft-Vortrag,
der immer damit endet, daß sie mich heiraten will,
ich soll ihr Zwillinge machen, gleich jetzt auf der Stelle,
sie will überhaupt soviele Kinder großziehn wie es Sterne im Weltall gibt
und außerdem noch so vernünftig sein wie ihr Großvater,
der auch Angst hatte vorm Fliegen, verrückt eh?!
Ich dreh den Fernseher ab, klatsche in die Hände, reibe die Luft raus...
Sie spart jeden Pfennig, sagt er, um den Analytiker bezahlen zu können,
ihm traut sie einfach alles zu, sie bezahlt dafür, ihre Hemmungen zu verlieren,
welche?, alle! einfach reden,
klar, der versteht mich eben, sagt sie

und du – sie deutet auf den Boxer, der schon halb eingeschlafen ist,
und du – so deuten weltberühmte Sopranistinnen ins Publikum, wenn sie mit ihrer Arie auf Touren kommen
und du verstehst einen Dreck wirklich,
du sitzt nur rum und machst Pause, meinst du das gefällt mir,
seelisch bist du einfach zu jung für mich! schreit sei,
du bist lieb, aber nichtssagend
wie ein Hühnerarsch,
das geht die halbe Nacht so,
in irgendeiner angefangenen Friedenskostümierung schläft sie halbnackt ein,
wacht auf,
weckt den Boxer, der hochfährt,
mit einem zerrissenen Traumbild im Kopf,
sie im Waschbecken auf Tigerjagd wie ein Aquarell von Henry Miller,
der seine Farben bekanntlich mit Bourbon anrührt, heute noch;
sie hat geträumt, daß sie in einem leeren Bett aufwacht,
ein Alptraum,
das Gefühl mit dem Schnuller, der langsam hineingedrückt wird
in das größte Gebäude der Welt,
ich hab einen Hut auf,
Oberkörper nackt,
unglaublich freundlich und verständnisvoll dreinblickend breite ich beide Arme aus
wie es der liebe Gott gern getan hätte, mit einem gelben Handtuch um den Hals
und einem wohligen Gefühl im Körper,
als würde man von einer Orgel beatmet, deren Pedale
im Jenseits arbeiten,
Lichtstunden von jedem physischen Schmerz entfernt,
einer wahren Kettenreaktion von sich auflösenden Gedanken ausgesetzt,
die wie kleine Bälle nur noch
ping pong
sagen …

Kurzgeschichte

Töte mich, sagte sie. Und er tötete sie. Und als sie endlich tot war, sagte sie noch, mach weiter.

Scorpio

Heute ist Queeno glücklich. Sie zieht sich
nackt aus, im Zimmer nebenan findet sie einen Koffer,
tut ihre Kleider rein und geht weg –
ich sehe nur noch,
daß sie sich nicht entscheiden kann, rechts
oder links zu gehen,
zum Bahnhof oder zum Flughafen.
Ich winke ihr zu,
aber Queeno dachte nach.
Ein Zwerg, der sich davor fürchtet,
daß man mehr von ihm erwartet
als diesen kleinen Tod.
Und sonderbar für immer
DIE ANKUNFT DER MINDERJÄHRIGEN KÖNIGSFAMILIE

Sie kam zur Welt

Ein Blumenstrauß half der Mutter über die Enttäuschung hinweg,
daß sie kein Junge war
Die Krankenschwester packte sie erstmal weg
Der Vater gab ihr den Namen einer verflossenen Liebschaft, die
bisher unbenannt geblieben war
Sie lernte leben
Las heimlich Dostojewski
Ein Arzt, der sie wegen einer Erkältung untersuchte, verging
sich an ihr
Die Nonnen, denen sie beichten mußte, waren ihrerseits erregt
Irgendwo in einem Fahrstuhl bemerkte einer, wie schön sie war
Weinte sie, drückte man ihr ein Taschentuch in die Seele
Die Mutter machte dann eine Weltreise
Der Vater kurbelte das Seitenfenster runter, um ihr nachzurufen,
sie sei nun fast erwachsen
Jeder suchte den Lichtschalter
Als das Gesetz es erlaubte, verschwand sie

Apartment 302

Sie fühlt sich wieder wie immer,
wenn draußen die Sonne untergeht –
wie ein Astronaut, der heimlich Fingernägel kaut,
eingeschlossen in ihr kleines Zimmer,
sich anschaut ohne zu atmen
und sich eingesteht, daß sie völlig überfragt ist
und auch nicht weiß wie's weitergeht.
Sie weiß nicht mehr, was die teuren März-Erdbeeren in der
Glasschale mit ihrem Bedürfnis nach Liebe zu tun haben.
Anrufen?
Duschen?
Zigarette?
Sie stößt an jeder Tischkante an,
telefoniert
und merkt plötzlich, daß sie überhaupt nicht mehr
sprechen kann,
jetzt,
wo sie ohnehin schon halb verrückt ist
nach einem Kerl, der nur ihr gehört!
Darunter versteht sie einen, der richtig tickt
und keine andre fickt.
Sie versucht, logisch zu denken, nimmt drei Tabletten zuviel,
um einzuschlafen und glücklich zu sein,
einfach so
wie die Lieder
aus dem Radio.

Wartehalle 9

Ich sitze kreidebleich wie ein Verrückter nach dem Tod in
Wartehalle 9

Du kommst vorbei
Mars springt auf Rot
Flammen schlagen aus den Jeans
Du schaust mich an
Du knallst mich ab
Du fährst zurück nach Genua
Und dort nimmst du das nächste Schiff
Direkt nach New Orleans

Ich sitze kreidebleich wie ein Verrückter nach dem Tod in
Wartehalle 9

Du wirst der Gangsterkönig unter allen Frauen
Und knallst in ganz Amerika die Männer reihenweise ab
In Detroit Washington und Miami
Du drehst schnell einen Film in Hollywood
Dann wird es aber höchste Zeit
Dort wieder abzuhaun

Ich sitze kreidebleich wie ein Verrückter nach dem Tod in
Wartehalle 9

Du kommst zurück
Mars springt auf Rot
Du schaust mich an
Und sagst das war's
Ich liebe dich
Hier nimm das leere Magazin
Und wirfst mir die Pistole hin

Lied

Ich möcht dich wiedersehn
Ich möchte sehen was du machst
Auch wenn es wirklich nichts mehr gibt
Worüber du noch lachst
Ich mach für dich die kleinen weichen Schweinereien
Zeig dir vorne mein nasses Messer
Und hinten mein kleines weiches Loch
Schau her
Erinnerst du dich noch

Ich möcht dich wiedersehn
Ich möchte sehen was du machst
Auch wenn es wirklich nichts mehr gibt
Worüber du noch lachst
Mach dir keine Sorgen
Die Situation ist völlig unklar
Deine Mutter liebt dich zu sehr
Dein Vater will dir schlechtes Bier verkaufen
Das ist das Dilemma
Und das am Montagmorgen

Das alte sentimentale Gefühl

Chuck liegt im Bett
und spielt aus Langeweile
mit seinen Eiern
mit seinem Schwanz.
Irgendein Mädchen ruft an
und will mit ihm reden,
er sagt ihr, was er gerade macht,
sie lacht,
aber sie glaubt es nicht ganz.
Chuck fühlt das alte sentimentale Gefühl
in sich aufsteigen und denkt,
wir sollten in den Süden fahren,
er mit ihr,
eine weiche Raserei
wie diese hier.
Aber sie will nicht in den Süden,
sie will reden, nur so.
Chuck schaut zum Fenster raus,
spielt weiter,
sanft wie der Druck aufs Gaspedal
in seinem Traumauto.

Keine Streichhölzer mehr da

Noch mal das Fenster auf,
Zigarette, Freitagnacht, Radio an.
Sieben Weltwunder fragen sich, was kommt jetzt?
Colorado im Winter 1978, das letzte Tier seiner Rasse zieht
eine Blutspur über die Schneedecke.
Chuck liegt da
und hört kurz nach Mitternacht,
wie der Neger aus der anatomischen Abteilung ausbricht.
Über ihm, wo der Himmel ist,
öffnet sich eine Tür. Der Briefträger könnte kommen,
um seine Knochen zu zählen.
Gräfin Scheiße dreht seinen Kopf in eine andere Richtung und lacht
»Ich verstehe« sagt sie, »ein ganz normales Gefühl«.
Die Phantasie liegt in einem kalten Raum
und keiner ist da.
Niemand, nur ein farbiges Telegramm.
Als entspreche die Großaufnahme dieser Hand,
einem verzweifelten Gedanken und die Finger
den kleinen Schritten des Killers.
Chuck's Körper fühlt sich an wie ein kaputter Hubschrauber,
daneben eine Fliege, die frühmorgens in den neuen Tag hineinfidelt.
Marylin auf AFN,
das Buch der Schönheit,
das Feuer fing,
ans Herz gedrückt.
Chuck küßt ihr die Füße,
versucht es und fällt in die Tiefe.
Aber ihm geht etwas anderes durch den Kopf, eine Schauspielerin,
die noch einmal mit den Hüften wackelt,
bevor sie restlos zusammenbricht.
Chuck zerdrückt die Fliege mit dem Daumen

und träumt dabei von enormen Kassenrekorden
in Stierkämpferhosen, gleichzeitig fühlt er
wie er zusammenschrumpft in seinem Fleischkarton ...
Freitagnacht,
Samstagfrüh, mitten im Wald auf einem See fährt eine Eisenbahn
und Chuck sitzt drin
und jeder Aufenthalt ist eine lange fürchterliche Qual;
schade, daß du nicht da bist, denkt er und überbrückt
eine Entfernung von mehreren tausend Kilometern
in der Erinnerung an das Kitzeln ihrer Furzblasen
im Badewasser.
Die Städte leer,
die Sonne kalt,
das Leben vertan.
Poesie ist fast nichts, aber das total.
Schleck meine Schädelnerven ab, schluck sie runter,
mach ein Mickeymouseheftchen draus,
das man auch aufblasen kann.

WO SIND DIE STREICHHÖLZER?

Völlig abwesend kommt sich Chuck immer näher,
die tote Fliege schwappt in seinem Augenwasser.
Ein Zug kommt an,
vielleicht bin ich drin.

*

Chuck erinnert sich:
Dieser junge Mann, soll Trotzki nach der Unterredung
mit einem ihm unbekannten jungen Revolutionär gesagt haben,
dieser junge Mann ist politisch unzuverlässig, der hat uns nicht einmal
eine Tasse Kaffee angeboten.
Die Revolution erinnert ihn an die Nummer
mit dem nackten Mann,
dessen Muskeln im nächsten Jahr als SPRAY
auf den Markt kommen.

Warum Gefühle zeigen?

Chuck geht die Straße runter
und wenn er jemand trifft, sagt er automatisch
Gut gehts mir, ja ausgezeichnet, tausendprozentig, glaubs mir!
Und dann Sprüche wie
Ja, wir telefonieren, gut, okay,
Nein, ich weiß noch nicht, ob ich heut ins Kino geh!
Chuck trifft halb München,
setzt sich ins Capri,
starrt gleich aufs erste nackte Knie
und der erste Gedanke ist:
Bleib sitzen, bis sie wieder Weihnachtsbäume verkaufen
oder bis dir ungemütlich wird
und die Füße in den Turnschuhen anfangen zu schwitzen
oder bis ein Mädchen vorbeigeht
mit dem Kleid mit den Flugzeugen drauf, aus denen Palmen wachsen
und das ihr der Wind über die Schenkel weht –
zu welchen Träumen gibt das Anlaß?

»... weißt du, die hat viel Phantasie, viel Erfahrung,
aber in Wirklichkeit?« und wie die Sprüche heißen aus dem geschminkten
Totenkopf der Eitelkeit.
Du machst es
Du bist es
Du verstehst es

Chuck beobachtet wie sie geht
wie alle anständigen Frauen, die sich eines Tages in Gedanken
in die Toilette einschließen,
um ein paar der miesesten Angewohnheiten eines fremden Mannes
zu genießen,
und wieder tönt es irgendwo

Du machst es
du bist es
du verstehst es
Der Mann dürfte keinen Namen haben,
müßte erfolgreich sein
und könnte eigentlich nur aus dem Luftschacht da oben
kommen.
Da geht sie, Hemmungen hätte sie keine, Lippenstift-Jäckchen,
das Gesichts so weiß wie die Knochen von Papa,
so unsichtbar wie Unterwäsche auf der Wäscheleine,
verliebt in den Gedanken ihrer völligen Versklavung,
zerfressen von Vitaminpillen,
um etwas jünger auszusehn.
Da geht sie,
Chuck könnte ihr die Juwelen, die sie schmücken,
einzeln ins Hautinnere drücken.
Oder sieht er das alles etwas zu kraß?
Vor allem wenn er zuhause sitzt in seinem Zimmer,
zwischen den Mädchen mit dem aufgemalten Hoffnungschimmer,
zwischen den Freunden, die erzählen, daß sie, um nicht durchzudrehn,
nicht mehr aus dem Haus gehn –

Chuck, der sein Kind liebt,
das nie zur Welt kommen wird.

Römisches Gedicht

Die Welt ist vorbei,
Chuck schält seine Uhr,
ein Unding,
goodbye!

Lange goldene Freunde am Telefon,
von reckteckigen Luftballons attackiert, beim Studium
des Großen Eidechsenfriedens!

Drei Uhr nachts.
Alle tragen die gleiche Sonnenbrille.
Da sitzen wir in der Mittagshitze
des Mondes,
unsichtbar in der Kuhverdauung dieses Lebens...

Warum Jesus herauspicken?!

Ströme von Licht fallen zwischen uns
auf die Erde. Der Suchscheinwerfer ist der sicherste Ort,
projeziert auf die gesamte Landschaft
wird uns keiner finden.
Wir werden überall sein.
In Rom hab ich dir unter den Rock gegriffen,
in dieser Nacht wurden zweitausend Katzen geboren.
Der Neger will nicht glauben, daß es wieder hell wird.
Fußspuren am Himmel, endlich...
noch eine Stunde...
Wird unser Schädel ausreichen, die Bürokratie zu besiegen?
Das Fleisch vom Automaten, das schlitzlos auf den Tisch des Chirurgen
geschoben wird?

Erklär mir dieses Wort, wenn wir alles gefickt haben,
was bisher gesprochen wurde.

Die Göttin,
sie schweigt!
Im Osten bleibt die Leuchtschrift hängen.
Im Westen eröffnet ein neues Lokal,
ein leerer Arm liegt neben dem Verstärker,
in den Särgen wird englisch gesprochen
(english spoken!)

Der letzte Auftritt
im Freiluft-Licht-Kino
unterm Gebetsteppich
Jahre später...

Die Leute am Drücker trinken chinesischen Tee,
die Lady fährt im Zirkuswagen durch die Dunkelheit,
ein Sohn der Arbeiterklasse,
der Ohrringe trägt,
singt dazu –
man nennt es
DIE HEITERE HALLE DER KUGELSICHEREN WESTEN

Die Liebe nennt man ein krankes krankes Tier...

Chuck beschließt, völlig entmutigt, glücklich zu sein,
ja! denkt er,
ich könnte hingehen
und alle Brücken Roms küssen!

An der Texacotankstelle streift sich die erste Schicht
den Texacooverall über,
überall auf der Welt ist das so...

Das Universum,
das flache Licht der aufgehenden Sonne,
Cowboy, da steht dein Pferd, daneben ein Hund, der am Sattel
herumkaut,
dein Volkswagen.

Singsang am Regentag

Die Welt ist wie ein Schiff, das irgendwann im schönsten Sonnenschein
bei leichtem Wellengang auf einem Riff zerschellt
und langsam auseinanderfällt.
Im Traum gehe ich durch eine klare Feuchtigkeit,
während sich das Leben hier an Bord
unmerklich jeden Tag ein wenig mehr zur Seite neigt.
Die Lady mischt sich unter die Fische,
vielleicht ist es schön so,
wenn einem das Gehirn unter Wasser
langsam vermoost.
Meinem Verleger teile ich mit: Sie brauchen einen,
der schweigt!

Die Welt ist wie ein Schiff, das irgendwann im schönsten Sonnenschein
bei leichtem Wellengang auf einem Riff zerschellt
und langsam auseinanderfällt.
Es gibt bereits die Firma, die im Wasser Häuser baut.
Der Untergang steht kurz bevor,
mein Mädchen hört dem Singsang zu und fragt mich dann,
Glaubst du, ist das auch gut für meine Haut?
Küß mich, wo geht die sonderbare Reise hin?
Vorbei an einer Munitionsfabrik,
dann bis zum Horizont, dann noch ein Stück,
ein letzter Blick zurück bei leichtem Wellengang,
die Lady übersteht den Untergang
und ich werd ein Delphin.

Kommt er oder geht er?

Er geht als letzter durch die leere Stadt
Die Vögel pfeifen wie leere Autoreifen
Manchmal hört er laute Liebesschwüre
Aber immer weit weg und ungenau
Dann ist die Grenze erreicht
Leben ist sinnlos wie Selbstmord
Und genauso leicht

Kommt er oder geht er?
Für eine neue Welt wurde die Dichtung unter Strom gestellt
Der Milchmann bietet ihm Milch an
Damit er sich waschen kann
In einem Hinterhof beobachtet er zwei Männer
Die mit ner Frau beschäftigt sind
Die eigentlich fünf Kinder will
Und dann noch ein Kind
Dann ist die Grenze erreicht
Leben ist sinnlos wie Selbstmord
Und genauso leicht

Wie eng nachts die Häuser stehn
Wenn ein Verrückter versucht nachhause zu gehn

Er geht als letzter durch die leere Stadt
Kommt er oder geht er?
Manchmal träumt er von einem Tritt in den Arsch
Wie Donald Duck
Der sich mit Tarzan vergleicht
Leben ist sinnlos wie Selbstmord
Und genauso leicht

Wie eng nachts die Häuser stehn
Wenn ein Verrückter versucht nachhause zu gehn
Mittags wird wieder alles knallgelb sein
Es wird hell
Das Aufgehen der ersten Sonne

Letzte Nacht in Mailand

(»... waiting for the hero of the seventieth!«)

Ein erdachtes Gerät.
Sprechen Sie deutsch?
Es ist dasselbe Gefühl von der Nutzlosigkeit
des Widerstands!
Du hast mich mit deiner Hand genommen,
bis alles rausgespritzt war,
was diese gottverdammten Mädchen da draußen
ein Stück
weiße Scheiße
nennen.
Ich brauche, um dieses Gerät zu bauen, einen sehr langen
Nagel
und zwei ebenso lange Lederriemen,
ziemlich breit, ich will mir ja nicht den Bauch
aufschneiden, wenn ich stoße.
Sie werden an einem Gürtel an der Taille befestigt werden. Der
Nagel ist dazu da, um die beiden Lederriemen an einer Kerze
festzumachen –
die beiden Riemen
werden vom Nagel durchbohrt. Die Kerze
(Sheman wird sie aufweichen!)
soll in der Mitte vom Nagel durchstoßen werden.
Das Wachs der Kerze wird beim Erkalten
seine normale Härte zurückgewinnen. Nur –
sie wird die beiden Lederriemen an sich befestigt haben.
»Ich trage den Gürtel,
während ich schreibe ...«
Ein anderer Planet / Nervensysteme / »der Kopf« / diese kleinen
täglichen Anstrengungen;
(Sheman ist die einzige, die zwei Fotzen auf ihrem
Körper trägt!)

Immer der gleiche Trip
seit zehn oder fünfzehn Jahren, ein Zimmer, weiße weißgraue Wände,
alles aus dem Kopf, gottseidank! hatte sie
dieses Mal weniger Gepäck, das hat die Untersuchung wesentlich
verkürzt.
Die Haare hatte sie mit einem Fedajin-Tuch bedeckt – Kein Stoff!
»aber in London werde ich mir alle Haare wegmachen«,
denn sie hörte bereits wieder diesen Satz:
Kommen Sie Mit Zur Zollkontrolle!
Das war die Art,
wie man mich am liebsten benutzte, um das
Scheißloch mit einer fetten Creme
einzuschmieren,
die Finger (oder auch nur diesen einen Finger) mit neuem Fett
rein und raus – nach dem Motto
»Du kannst von mir nicht verlangen, Baby,
daß ich warte, ich warte jetzt schon ziemlich lange,
etwa achtzig Stunden pro Tag!«
Der gleiche Trip.
Eine Figur steht halb sichtbar in der Tür.
Faßt mich an wie einer, der von einem Fick redet,
den er letzte Woche auf der Leinwand gesehen hat –
impotent, weil er glaubt, über zwei Schwänze zu verfügen –
Die Schenkel zusammengepreßt
wie dieser Brief!
Ich ziehe nichts an, was nicht Deinen Geruch hat – Der Typ vor mir
in seiner mimetischen
grün-gelb-rot-braun-blau-Uniform
brauchte nur draufzudrücken auf seine MP – ein kleines Zucken
in einem kalten Finger!
Langhaarige!
Und dann noch Mädchen!
WHWSWSHHWHSSWHSHWSHWHSHWHSHWSSH!?
Wie immer ein ziemlicher Schlag in den Magen.
Mitkommen!

Scheiße, weil Du ganz genau weißt, daß es nicht nur ein optische Gewalt oder eine abstrakte ist,

zum erstenmal habe ich eine entsicherte MP gegen
mein Gesicht und die Titten gerichtet gesehen –

so echt,
daß in Vietnam die Genossen damit
umgelegt werden,

von einem Gebirgsjäger mit roten Backen,
einem Italiener!

»Wsh .....

Sheman lag auf dem Bauch, unter der Decke
beide Hände

unter dem Bauch, um die Fotze zu öffnen;

auf der Seite liegend wird man ihr die Schenkel gegen ihre Titten binden, damit die Arschbacken ihren Eingang freigeben –

kein Widerstand –

Eine Art Erwartung – Als würde Dir mit einem einzigen Schwanz
der Leib aufgeschlitzt
und Du beginnst dich über jeden Tropfen Blut

zu freuen – Die Stimme

macht sich über mein Arschloch lustig –
Mit ihrer gedämpft mütterlichen Tonart,
den Kopf zur Seite gewendet,

auch Sheman wendet den Kopf zur Seite, im Bett

dem einzigen Möbelstück ihrer Phantasie hier

im Raum – Über diese Person weiß sie, daß es mehrere Personen sein müssen ...
Sie zieht sich niemals aus, um zu ficken.
Zweitens nimmt sie eigentlich immer nur den Kopf wahr, bei allen menschlichen Tätigkeiten.

Ältere Personen am Airport –
Eine leere Stirn, glatte Haare,
das Pinzettenbärtchen auf der Oberlippe,

der oberste Kragenknopf, eine goldene Jungfrau Maria –

Sheman geht
und geht unendlich wie eine Schönheit
durch die Sperre –
Während die Zöllner mit den Händen
in den Nivea-Dosen herumfingern – Zwei Daumen für jedes
geile Foto – Wie man sie festbinden wird -
»Das praktische Vorgehen« –
»Kannst Du mir ein bißchen,
na Du weißt schon! sorgfältig in gefaltetes Papier
verpackt
(mit Tesaband verklebt!)
in einem Brief hierherschicken?«
Aber nachdem ich meine Reisetasche abgewartet
und beim Gepäck zurückbekommen hatte
und durch die Glastür wollte,
klopfte mir jemand sanft auf die Schulter –

Das Geschenk

Waldo Jeffers hielt es einfach nicht mehr aus. Es war bereits Mitte August, das bedeutete, er war mittlerweile mehr als zwei Monate lang von Marsha getrennt gewesen, zwei lange Monate und alles, was er vorzuzeigen hatte, waren drei Briefe mit Eselsohren und zwei teure Ferngespräche. Nach Beginn der Schulferien war sie nach Wisconsin und er nach Locus in Pennsylvania zurückgekehrt, sie hatte natürlich geschworen, ihm irgendwie die Treue zu halten, sie würde sich zwar gelegentlich verabreden, aber nur so zum Spaß. Sie würde treu sein. Doch Waldo machte sich allmählich doch Sorgen. Nachts konnte er nicht richtig schlafen und wenn, träumte er schreckliche Dinge. Er lag wach, warf sich in seinem gefalteten gesteppten Hodenschutz hin und her, Tränen traten in seine Augen, wenn er sich Marsha und all ihre Schwüre vorstellte, aufgeweicht vom Alkohol und von den süßlichen Komplimenten einiger Neanderthaler, bis hin zu den letzten Zärtlichkeiten sexueller Selbstvergessenheit. Es war mehr, als der menschliche Verstand ertragen konnte. Visionen von Marshas Untreue quälten ihn. Tagträume sexueller Hingabe durchdrangen seine Gedanken. Tatsache war, daß sie nicht verstehen würden, wie sie wirklich war, nur Waldo, nur er allein verstand das, er kannte jeden Winkel und jeden Millimeter ihrer Seele, er hatte sie zum Lachen gebracht. Sie brauchte ihn und er war nicht bei ihr. Ahhhhhhhhh.

Die Idee kam ihm an jenem Donnerstag, der als Muttertag mit einer Parade gefeiert wurde. Er hatte gerade für einen Dollar fünfzig den Rasen der Andersons gemäht und geschnitten und ging zum Briefkasten hinüber, um nachzusehen, ob nicht dort wenigstens ein Wort von Marsha war. Es war nichts da, lediglich ein Rundbrief einer amerikanischen Aluminiumfirma, die etwas über seinen Bedarf an Sonnenschutzmitteln wissen wollte, sie machten sich immerhin die Mühe, ihm zu schreiben. Es war eine New Yorker Firma.

Was man nicht alles mit der Post schicken kann. Da ging ihm ein Licht auf. Er hatte tatsächlich nicht genug Geld, um auf normale Weise nach Wisconsin zu reisen, warum sich nicht selbst aufgeben, Paketpost, Sonderzustellung. Es war absurd, aber er wollte sich selbst verschicken. Waldo ging am nächsten Tag zum Supermarkt, um alles Notwendige zu kaufen. Er kaufte Klebestreifen, einen Stapel Leinwand und einen mittelgroßen Pappkarton, der in etwa seiner Körpergröße entsprach. Abgesehen von ein paar Rempeleien müßte er eigentlich eine recht angenehme Reise haben. Ein paar Luftlöcher, Wasser und belegte Brote, das konnte nicht schlechter sein als die Touristenklasse. Freitagnachmittag war Waldo mit allem fertig, er war vollständig eingepackt, das Postamt hatte versprochen, ihn gegen drei Uhr abzuholen. Das Paket hatte er als ›zerbrechlich‹ gekennzeichnet. Und während er zusammengerollt innendrin saß, auf dem Schaumgummikissen, das er wohlweislich eingepackt hatte, versuchte er, sich den überraschten und glücklichen Blick Marshas vorzustellen, wenn sie das Paket sah, dem Postboten ein Trinkgeld zusteckte und dann das Paket öffnete, um Waldo leibhaftig vor sich zu sehen. Sie würden sich küssen. Vielleicht würden sie dann ins Kino gehen. Hätte er nur früher daran gedacht. Plötzlich packten ein paar Hände fest zu. Er fühlte sich hochgehoben, hochgestemmt und landete mit einem dumpfen Schlag in einem Wagen und war weg.

Marsha Bronson hatte sich gerade die Haare zurechtgemacht. Es war ein etwas stürmisches Wochenende gewesen. Sie durfte nicht mehr soviel trinken wie sie es getan hatte. Bill hatte sich darüber gefreut, wenn er auch, nachdem alles vorüber war, sagte, daß er sie noch immer verehre. Schließlich war das normal, auch wenn, nein, er liebte sie nicht, er fühlte für sie Zuneigung, immerhin waren sie ja keine Kinder mehr. Oh, was Bill Waldo alles beibringen könnte, aber wie lange schien das zurückzuliegen.

Sheila Klein, ihre Busenfreundin, kam durch die Verandatür in die Küche.

»Oh Gott, draußen ist es wirklich schwül.«

»Ja, ich spüre es, ich bin total verschwitzt.«

Marsha zog den Gürtel ihres mit einem Seidenrand versehenen Baumwollkleides enger. Sheila tupfte ihre Finger in etwas Salz auf dem Küchentisch, schleckte ihre Finger ab und verzog das Gesicht.

»Man verlangt von mir, daß ich diese Salzpillen nehme«, sie runzelte ihre Nase, »und jedesmal ist es, als müsse ich mich dabei übergeben«.

Marsha tätschelte ihre untere Kinnpartie, eine Übung, die sie im Fernsehen gesehen hatte.
»Mein Gott, sprich bitte nicht darüber.«
Sie stand auf vom Tisch und ging zum Ausguß hinüber und nahm ein Fläschchen mit lila und blauen Vitamintabletten.
»Willst du eine? Sollen besser sein als Steaks«, sie versuchte ihre Knie zu berühren, »ich glaube nicht, daß ich jemals wieder einen Daiquiri anrühre.«
Sie gab den Versuch auf und setzte sich jetzt näher an den Tisch, auf dem das Telefon stand.
»Vielleicht ruft Bill an«, sagte sie Sheila und warf ihr einen flüchtigen Blick zu. Sie kaute an etwas Haut herum.
»Ich dachte, die Geschichte hätte sich in der letzten Nacht erledigt?«
»Ich weiß, was du meinst, mein Gott, er war wie ein Polyp, überall Hände«, sie machte nach, wie sie sich mit erhobenen Armen zur Wehr gesetzt hatte, »weißt du, nach einer Weile hat man dann diesen Kampf satt, Freitag und Samstag habe ich überhaupt nichts getan – und ich war es ihm eben dann doch irgendwie schuldig, wenn du verstehst.«
Sie kratzte sich. Sheila kicherte hinter ihren vorgehaltenen Händen.
»Außerdem, ich fühlte irgendwie ähnlich und schließlich«, sie beugte sich nach vorne und flüsterte den Rest, »war ich scharf drauf.«
Genau in diesem Augenblick klingelte Mr. Jameson von der Post in Clarenstyle an der Tür des großen bunten Fachwerkhauses. Als Marsha Bronson die Tür öffnete, half er ihr das Paket hereintragen. Er ließ sich das gelbe und das grüne Formular unterzeichnen und verließ das Haus mit 15 Cent Trinkgeld, das Marsha aus dem kleinen beigen Haushaltsbuch ihrer Mutter genommen hatte.
»Was ist das denn?«, fragte Sheila.
Marsha stand hinter ihr, die Arme verschränkt. Sie starrte auf den braunen Pappkarton und ging dann ins Wohnzimmer.
»Ich weiß nicht.«
Drinnen im Paket zitterte Waldo vor lauter Aufregung, als er die gedämpft klingenden Stimmen hörte. Sheila ritzte mit dem Fingernagel am Klebestreifen herum, der den gesamten Karton umschloß.

»Warum schaust du nicht auf den Absender, um zu sehen, woher es kommt?«

Waldo fühlte sein Herz schlagen. Er konnte die Schwingungen der Schritte fühlen. Bald würde es soweit sein. Marsha ging um das Paket herum und las das aufgestempelte Etikett.

»Mein Gott, es kommt von Waldo!«

»Ach der«, sagte Sheila.

Waldo zitterte vor Erwartung.

»Du mußt es trotzdem aufmachen«, sagte Sheila.

Sie versuchten nun beide, die Hauptlasche aufzumachen.

»Wirklich, er muß es zugenagelt haben«, sagte Marsha.

Sie zogen wieder an der Lasche.

»Man braucht tatsächlich einen Bohrer, um das Ding zu öffnen.« Sie zogen erneut.

»Man kommt da nicht ran.« Beide standen sie regungslos da und atmeten schwer.

»Warum holst du keine Schere«, sagte Sheila.

Marsha rannte in die Küche, aber das einzige, was sie auftreiben konnte, waren ein paar kleine Nähscheren. Schließlich erinnerte sie sich, daß ihr Vater im Keller einen kompletten Werkzeugkasten hatte. Sie rannte hinunter. Als sie wieder hochkam, hatte sie ein großes Brecheisen in der Hand.

»Das Beste, was ich finden konnte.« Sie war außer Atem. »Hier, machs du, ich glaube, ich sterbe.« Sie ließ sich in ein großes weiches Sofa fallen und atmete tief. Sheila versuchte einen Schnitt zu machen zwischen die Klebestreifen und die Lasche des Kartons, doch die Klinge war zu groß und dort war eben nicht genug Raum.

»Verdammtes Ding«, sagte sie verärgert. Dann lachte sie.

»Ich habe eine Idee!«

»Welche?« sagte Marsha.

»Schau her«, sagte Sheila und tippte mit dem Finger kurz an die Stirn. Drinnen im Paket war Waldo derart versteinert vor Aufregung, daß er kaum atmen konnte. Seine Haut hatte bereits Hitzepickel. Er konnte sein Herz bis zum Hals schlagen hören. Bald würde es soweit sein. Sheila stand aufrecht und ruhig da, ging dann herum auf die andere Seite des Kartons, stützte sich auf die Knie herunter, faßte die Schneide mit beiden Händen, atmete noch einmal tief und stieß die lange Klinge hinein ins Paket, mitten rein, durch die Klebestreifen hindurch, durch die Polsterung hindurch und schließlich mitten hinein in Waldo Jeffersons Kopf, der ein wenig aufsplitterte, was kleine rhythmische Blutfontänen zur Folge hatte, die langsam und leicht heraussprudelten in die Sonne dieses Morgens.

(Song der Velvet Underground, aus dem Amerikanischen übersetzt)

Das ist die Stunde kurz nach Mitternacht,
die Katze, die dich anschaut
und nicht lacht.
Es ist nichts mehr zu tun.
Du öffnest die Finger,
siehst die Morgenröte
und den Engel, der geht
um sich auszuruhn.

Das leise Lachen am Ohr eines andern

Guter Mann, wenn ich Dir sage,
daß eine Fliege den Pflug ziehen kann,
frag mich nicht wie –
sondern spanne sie an!

Muhammad Ali

Umfrage

Da haut mich einer an
»Sagen Sie, was macht ein Dichter den ganzen Tag?«
und ich soll antworten.

Der Einfachheit halber
und weil ich mich das auch manchmal frage,
stell ich mir vor,
der Typ sei ein Mädchen
und ich sag ihr »Hör zu, ich hab den ganzen Tag
auf Dich gewartet!«

»Wie bitte?!« sagt der Typ
und ich bin es leid.

»Also, ich versuche mein Radio zu küssen,
weil ich es so gern habe,
aber Sie wissen, wie das ist,
also geh ich in die Küche, schneide ne Grapefrucht auf,
laufe wieder zurück zum Radio,
laß den Saft drüberlaufen
und denk
›Irgendwann wird es den Mund
schon aufmachen.‹

In den Autos

Wir waren ruhig,
hockten in den alten Autos,
drehten am Radio
und suchten die Straße
nach Süden.

Einige schrieben uns Postkarten aus der Einsamkeit,
um uns zu endgültigen Entschlüssen aufzufordern.

Einige saßen auf dem Berg,
um die Sonne auch nachts zu sehen.

Einige verliebten sich,
wo doch feststeht, daß ein Leben
keine Privatsache darstellt.

Einige träumten von einem Erwachen,
das radikaler sein sollte als jede Revolution.

Einige saßen da wie tote Filmstars
und warteten auf den richtigen Augenblick,
um zu leben.

Einige starben,
ohne für ihre Sache gestorben zu sein.

Wir waren ruhig,
hockten in den alten Autos,
drehten am Radio
und suchten die Straße
nach Süden.

Mein Freund N.

Da sitzt er,
die Kinderseele leer,
müde geworden vom Anschaun der einfachen Leute
auf der Straße.

Es gibt keine Fragen und keine Antworten;
wovon bezahlt einer seine Miete, seine Zigaretten,
die neuen Stiefel und – im besten Fall –
ein Essen für zwei?
Überhaupt, wo anfangen
und warum heute?

Man möchte leben können vom Atmen, den alten Filmen,
vom Rock'n Roll…

Da sitzt er,
fast im Gefängnis,
fast glücklich,
und wartet auf nichts mehr,
auf den Abend,
und die Nacht,
daß vielleicht etwas reinhaut,
daß vielleicht einer was sagt,
vielleicht nächstes Jahr.

Es ist ein Geheimnis,
die Zukunft vergessen,
Witze aus dem Jenseits
und die Angst vor jeder Art
von Fruchtbarkeit.

Kubistisches Gedicht

Die Zitrone ausgetrocknet,
die Gitarre zersprungen,
die Zeitung von gestern.

Hier saß mal einer, den ein Erdbeben
verschluckte.

Das Bild stammt aus der Zeit, als Picasso
noch Hunger hatte.
Heute hängt es hier,
kostet zwei Millionen,
denk dran.

Das ist Kunst!

Irgendwann dienstags

Ich hab mir gerade ein Buch gekauft
und mittags was getrunken mit Freunden
und geh jetzt nachhause und schau plötzlich
auf die Dinge und Menschen, als hätte ich nie draufgeschaut,
es ist wie das Anprobieren einer neuen Brille
mit zu starken Gläsern,
vor mir haben die Arbeiter eine Baustelle aufgebaut
und ich habe die Aufgabe mich zurechtzufinden,
ein Taxifahrer bremst nur deshalb, um mir zu zeigen,
daß er mich hätte totfahren können
und dort geht ein Mann die Stufen zur Kirche hoch
und kämmt sich dabei die Haare.
Irgendwann dienstags.
Was will er? Will er beichten? Sucht er Liebe dort in
seiner Einsamkeit? Verflucht er das Leben? Oder liest er
nur die Stromrechnung vom Zähler?

Irgendwann dienstags geht das Telefon
und gleichzeitig klingelt es und einer schiebt ne Zeitung
unter der Tür durch, alle warten auf das Neue, das nicht kommt
oder bereits vergessen ist,
das Buch ist gelesen,
alles ist ein wenig weitergegangen,
im Kino, im Leben,
irgendwo.
Und Gott geht unerkannt nachhause,
duzt die Sünder und betritt menschenscheu
das Paradies.

806 Dachau

Ich kenne die Stadt nicht,
spreche nicht die Sprache,
kenne keinen Menschen hier,
es gibt nichts, was ich wiedererkenne,
wo bin ich?

Ich miete mich ein im Hotel,
schließe die Tür hinter mir und frage mich
›Soll ich die Stadt durchstreifen, die Sprache
erlernen, den Menschen zulächeln? Soll ich mich
an alles erinnern? An das kleine Fenster,
die Luft verdunkelt, dort lebten sie zu Ende,
mit aufgeplatztzten Knochen, steif wie leere Mülltonnen,
mit Ratten in den verdrehten Augen,
die Unglücklichen,
mit Bärten groß wie weiche Kissen –
und als man auf sie einschlug, machte es
keine Geräusche mehr.‹

Aus Angst vor dem Tod lege ich mich angezogen
aufs Bett, schlafe ein, die Polizei köpft den falschen Mann
und während mir dessen Kopf vor die Füße rollt,
klopft es an die Tür;
das Frühstück.

Mit der Zeit kehrt meine Erinnerung zurück,
an die Stadt, die Sprache und die Menschen.
Nur das kleine Fenster war Einbildung,
das beweist ein Blick nach draußen.

Es ist wie überall.
Die Touristen treiben die Preise hoch.
Ich muß abreisen.

Warste schon mal in New York?

Nein,
New York?
kenn ich nicht.

Als John, 24, mit zwei Einschüssen an der Schulter,
vom Krieg erzählte und den Mädchen in Saigon,
mußte ich auch passen.

Jochen in Johannesburg,
Rainer in Indien,
mir ist das alles schleierhaft.

Nein,
New York?,
kenn ich nicht.

Das Mädchen heißt Inge,
nach jeder dritten Seite rennt sie raus,
haut sich ne Spritze rein,
das Zittern muß weg,
sie braucht das Geld und ich ne ordentliche Abschrift
meiner Story,
also bitte.

Sie verachtet mich, weil ich das Kotzen kriege,
wenn ich ne Spritze sehe.

Wir schaffen drei neue Seiten,
dann wieder Pause,
sie rennt raus, kommt wieder rein,
wenn sie zurückkommt, kann sie manchmal sogar reden.
»Irgendjemand haut dir innen auf die Knochen« sagt sie
»verstehste«
Ich? Nein!

»Wie Hammer und Brei, klar?«
Nein, unklar!
»Wie Messer, die stumpf in den Venen liegen?«
Hhm!?
(Neunzehn! Wie die Kleine das sagt?!)

So ist das Leben, denke ich, jeder tut das Richtige,
mit allen Fehlern.

Drei Seiten,
noch drei Seiten,
Schluß.

Sie steckt die Scheine weg,
telefoniert kurz,
weg ist sie.

New York?
Nein, kenn ich nicht.

Bei del Favero

Hier standen wir rum, bis das Jahr
vorbei war, im elektrischen Septemberlicht,
entweder high oder betrunken, am liebsten
hätten wir uns auf den Bauch gedreht,
ausgestreckt wie Fallschirmspringer auf dem Weg
nach unten.

Das war der Normalfall:
die Sehnsucht nach einem Flugzeug ohne Passagiere.

Hier standen wir rum, ohne zu reden.
Wir haben die Mädchen, die hereinkamen,
nur noch angeschaut, haben zu fünft vom Alleinsein
geträumt, haben uns gegenseitig Vitamintabletten
geklaut, in der Hoffnung auf Glück.
Größenwahnsinnig wie kleine Berge,
zu alt für Motorräder,
zu schüchtern für das ganz große Verbrechen.

Das Liebespaar

»Ich bin ne Frau, wenn Du das noch nicht
kapiert hast!!«
»Leck mich!«

Sie standen an der Bar im Übersee-Hotel
und taten so, als hätten sie sich endlich
geeinigt.

Ich kam rein
und später kam Martin rein
und wir wunderten uns, wie friedlich
alles war.

Sie wollte gehen,
knotete seit einer Stunde Strohhalme aneinander,
redete sinnloses Zeug über die Männer,
verglich die Chancen im Berufsleben mit ihren Chancen
im Leben.
»und dann« sagte sie, »bin ich mit so einem
zusammen!«

Die Situation übertrug sich auf den Hund,
der mich anknurrte
und Martin anknurrte,
während das Liebespaar,
in seinem Haß aufeinander,
fast unsterblich wirkte.
Und dann beruhigten sie das Tier –
und zwar so zärtlich, daß es wie ein Liebesversuch
aussah.

Der Streit ging noch ne Weile,
dann gingen sie,
beide.

Martin schaute mich an
und ich schaute Martin an
und danach bestellten wir
noch ne Ladung.

Wie ich mich fühle

Wenn ich weine,
bin ich zu groß.

Wenn ich leide,
bin ich zu hart.

Wenn ich fühle,
ist es aus Sand.

Wenn ich denke,
sind es Knochen.

Wenn ich lache,
bin ich wie du.

Wenn ich sterbe,
ist es Liebe.

Im Sommer

Einsam sein im Sommer
und hundemüde auf einen Liebesbrief warten,
das ist schlimm;
und abends zuschauen wie sich Lana Turner in Robert Mitchum
verliebt;
und wenn morgens die Sonne aufgeht,
hast du niemand getroffen,
in der Tür steckt kein Zettel »Ruf mich an«.
Ein Maler würde das Blau imitieren,
eine Flugzeugladung Menthol;
ein Dichter würde lieben
oder sterben;
ich starre, ohne hinauszuschauen,
aus dem Fenster,
frühmorgens,
und sage »Ich liebe Dich«
ohne irgendwas
oder irgendwen
zu meinen.

Endstation

Ich stand an der Bushaltestelle
und wartete;
und als der Bus kam, stieg ich ein
und wartete wieder.
Vor mir kümmerte sich ein Mädchen um ihren Kerl
und weil ich nichts zu tun hatte, schaute ich zu
wie sie an seinem Hals hing und manchmal nach hinten
schaute zu mir, der nach vorne schaute zu ihr.
Ich stand im Bus,
schaukelte mit den Beinen die Straße aus
und dachte an gar nichts;
irgendwann stieg ich aus, ging nachhause
und dachte
›Es gibt nichts, was einen Mann einsamer macht
als das leise Lachen am Ohr eines andern.‹

Er war too much für Euch, Leute

(Zum Tod des Dichters Rolf Dieter Brinkmann)

Brinkmann hatte wirklich was drauf,
aber glaubt nicht, daß ich das hier beweisen will,
dieses Abschiedsgedicht auf einen, der nicht mein Freund war
und den ich persönlich nur wenige Male getroffen habe, gilt
der Zukunft, für die Brinkmann jetzt verloren ist.
Vielleicht hätte er die Szene nochmal aufgerollt,
vielleicht schweigsamer als früher, an einem Tisch auf einem
Stuhl sitzend, ein ordentliches Bier vor der Nase, rechts der
Nase einen Pickel, der bereits eiterte;
ihn scherte sie wenig, die Schönheit;
die eigene so wenig wie die der Jugend, der er das ACID-Buch
vor die Füße warf, bevor er sich völlig versteinert
(und das will was heißen für einen Burschen von gerade dreißig
Jahren!), enttäuscht und erschöpft von der törichten Prophetie
auf eine bessere Welt in die häßliche Stadt Köln a. Rhein
zurückzog.
in die Einsamkeit ohne Geld, ohne Illusion, ohne
des Westdeutschen Rundfunks,
durch seine Häßlichkeit noch auffälliger als der Dom und
das träge und schmutzig fließende Wasser des Rheins,
zurückzog in die Einsamkeit ohne Geld, ohne Illusion, ohne
Freunde, ohne die Gewißheit, das Schicksal meine es gut mit ihm;
das Ironische der Tragödie bestand darin, daß er,
der Wortgewaltige, einen Sohn gezeugt hatte, der im Sprachzentrum
schwer gestört war, kaum reden konnte und mit wirren verkehrten
Bewegungen dahinlebte,
Brinkmann, ohne die Illusion auch, er könnte eines Tages wieder
auftauchen, reifer geworden (würden die Kritiker schreiben, wenn
überhaupt sie noch was schreiben würden über ihn, der ihnen
ans Leben wollte!); ich erinnere mich an das verblasene Entsetzen,

das damals geherrscht hatte, als Brinkmann in einer Akademie gegen
das faule feiste Ritual, sich anständig zu benehmen, verstieß
»Wenn das hier«, Brinkmann hielt seinen Roman, aus dem er
vorgelesen hatte, in die Höhe, »wenn das hier ein Maschinengewehr
wäre, ich würde Sie umlegen!«
»Stellen Sie sich das vor!?«
Ich mußte lachen;
aber für Brinkmann bedeutete das den Abschied,
inszeniert von ihm selbst,
es hat ihn zeitweise vernichtet; kein Wort mehr über ihn,
mal da was, mal dort was, das Geldverdienen und die Not waren
schuld an kleine Publikationen, nicht das innerste Sprechen
dieses Dichters, der so schnell und billig nicht mehr zu haben war;
Grabesstille, wenn man sich an die Horde erinnert,
Brinkmann wie ein zu allem entschlossener trunkener El Topo,
die Mädchen dabei, die genau so gut fickten wie Gedichte machten,
die Freunde dabei, auf Tabletten, das Herz voll mit ungestümen
Forderungen,
die wirklichen Dichter machten den Überfall in den Chefetagen
der Buchmesse,
eine Gaudi, die Kraft hatte und bestechend war wie das Kapern
eines Schiffes,
das war nicht, was die Zeitungen den Verlagsmeldungen nachredeten,
eine neue Avantgarde, noch ein Faden im Fadenkreuz der Stile,
keine Musterschüler der deutschen Kultur,
es waren junge lonesome cowboys, sensible Gangster, Arbeiter
auf den Erdbeerplantagen der Milchstraße,
zur gelben Krawatte das blutende Herz,
neugierig auf jeden Winkel des eigenen Nervensystems,
da helfen keine neuen Wörter und die alten Wörter, die zu sagen
sich lohnte, stehen in einem uns unbekannten Buch, ...
was kommt ist wieder so gemütlich wie früher –
und diese Vorstellung ist so unbarmherzig wie die Arbeit
eines guten Schlagzeugers.

MIT DER STRAHLENDEN SCHÖNHEIT DER JUGEND WIRD
KEINE LIEBE GEMACHT
DIE ROLLING STONES HÖREN SICH AN WIE DIE GROSSE
REGISTRIERKASSE AUF EINEM KOSMISCHEN MÜLLHAUFEN
Brinkmann konnte eine Wut kriegen, die gefährlich war und
alles andere als gespielt,
als wolle er sich jetzt –
nach der WESTWÄRTS-PHASE seiner letzten Gedichte –
in die deutsche expressionistische Geschichte einordnen
und zwar rechts, dort wo ein von ihm bewunderter Franzose sich
hin verirrte, Céline, außer Jünger, der alt ist oder tot, gab es
keinen radikal rechts stehenden Schriftsteller von Rang und Größe –
als wolle er sich jetzt, in Abkehr aller Drogen, aller Rock'n Roll-
Musik, aller sonnigen San Francisco-Träume an den Biertisch setzen,
bereit, jeden zu erstechen, der stoned war
oder das indische Gebet sprach
oder ihm kam mit Leary, Lennon oder sonstwas,
die RAF-Leute waren für ihn Scheißer,
die ACID-Freaks waren für ihn Scheißer,
es gab soviele Scheißer,
er brauchte offenbar wieder eine Orientierung
und die suchte er in der Provinz der einfachen Leute,
die einen Stuhl zimmern und ein Bier trinken und nach einem
guten ruhigen Schlaf wieder an ihre nützliche Arbeit zurückkehren.

Das jedenfalls waren meine Eindrücke,
als wir uns in Frankfurt, lange her, das letzte Mal trafen,
Brinkmann erregt, enttäuscht, vielleicht enttäuscht von mir,
der auf einer Matratze lag und zuhörte
und den etwas undurchsichtigen Streit mit einem meiner religiösen
Freunde dadurch unterbrach, daß wir alle, alle gleichzeitig,
aber jeder für sich, die Wohnung verließen.

Er ging nach Italien mit einem Staats-Stipendium, Villa Massimo,
kehrte zurück, schrieb und war alles andere als leergeschrieben,

wie es die Literaturleute so nennen, wenn man mal für ne
bestimmte Zeit die Schnauze voll hat und lieber sein Mädchen
liebt, Gedichte schreibt und kräftig durchatmet,
hier schreiben die Jungen wie die Alten ihre Bücher,
keiner macht mal ne Pause,
immer weiter,
immer überall,
das geht an die Substanz und zum Auftanken hat man keine Zeit,
sonst wird man in der Küche der Gerüchte verkocht und
vergessen.

Eine sonderbare Republik, dieses Westdeutschland,
und Brinkmann sah das deutlicher als die meisten Kollegen,
seine Kollegen, meine Kollegen – so wenige, die man ernstnehmen
kann, alles Leute, die immer die Wahrheit gesagt haben;
aber die Milchstraße fließt anderswo
und Lucy ist auch über die dreißig
und Brinkmann ist tot,
von einem Auto überfahren in London,
wo Lucy zuletzt gewohnt hat.

Auf Wiedersehn,
die Besten gehn,
Du weißt wohin.

The Thrilla of Manila

Noch ein paar Stunden bis zum Kampf…
Amerikas größtes Ego steigt wieder in den Ring,
der schwarze Schmetterling,
Muhammad Ali,
die schnellfüßigste Verkörperung menschlicher Intelligenz (Mailer).
Wahrscheinlich stehen die Wetten gegen ihn,
die Experten setzen auf Frazier, auf diesen in Zement gepackten
schwarzen Mann, dem man seit seiner fürchterlichen Niederlage
gegen Foreman, vielleicht der fürchterlichsten in der Geschichte
des Boxsports, eingeredet hat,
daß Ali alt ist und keine Kraft mehr hat, um einen
austrainierten Mann auszuknocken.
Aber dann kam Kinshasa,
die Nacht, als Ali zurückkam,
die Nacht, als Foreman fiel, jener Boxer, von dem die ganze Welt
glaubte, er würde Ali das Maul stopfen. »Schau Dir seine Unterarme
an« sagte Foreman's Coach Archie Moore den Reportern, »hast Du
jemals solche Unterarme gesehen … dieser Junge wird lange, sehr
lange Weltmeister bleiben, niemand kann nehmen, was er austeilt…
oh boy, das ist die Hölle.«
Aber es kam anders
und Frazier, der am Ring saß und Witze riß, sah, was geschah
klatsch! klatsch! klatsch!
ein Mann ohne Angst,
Muhammad Ali,
aber das mit den Fäusten ist nur die eine Hälfte seiner Strategie,
die andere Hälfte ist Allah und der Rest Poesie.

Für einen Weltklasseboxer gab es nur eins,
er mußte Schläge austeilen und Schläge nehmen können;
und diese Regel galt, bis Ali kam, denn er nahm sich das Recht
heraus und redete,

alle Welt sollte hören, was er fühlte, dachte und daß er
der Angehörige einer Rasse ist, der man das Recht vorenthält,
zu fühlen, zu denken, zu sprechen.
Ali hatte nicht nur den Titel im Kopf, sondern die Vision,
der Führer seines Volkes zu werden,
deshalb redete er, wann immer sich die Gelegenheit bot,
vor den Kämpfen, im Ring und danach in der Kabine
und seither hört draußen die Welt zu, weil keiner so redet
wie er,
aber das mit den Fäusten ist nur die eine Hälfte seiner Strategie,
die andere Hälfte ist Allah und der Rest Poesie.

Noch ein paar Stunden nur;
und wieviele gibt es, die darauf warten, daß Ali verliert,
daß dieses größte Ego in der Geschichte Amerikas zerbricht,
denn es ist einfach unerträglich für uns,
dieses Ausmaß an menschlicher, sportlicher und geistiger
Vollkommenheit tanzen und siegen zu sehen –
und deshalb soll es heute Nacht aus sein mit ihm, der den Traum
aller Größenwahnsinnigen wahrgemacht hat, Poesie, Kraft und
Schönheit zu vereinigen.
Im Ring von Manila wird es noch andere Töne geben als das Klatschen
der Acht-Unzen-Handschuhe, noch eine andere Sprache als die
der harten Schläge, denn Ali wird reden
und Frazier wird zuhören müssen,
zum drittenmal
klatsch! klatsch! klatsch!
ein Mann ohne Angst,
Muhammad Ali,
die schnellen Beine, das gute Auge, der linke Jab, der Shuffle,
all das ist nur die eine Hälfte seiner Strategie,
die andere Hälfte ist Allah und der Rest Poesie.

(Nachtrag: Muhammad Ali blieb Weltmeister)

Die Münchner Mannequins

Sie leben im Licht und sie wissen, daß es alt macht,
das Leben und das Licht; sie arbeiten wie Männer, hart;
und sie trinken aus Sehnsucht nach dem Normalen.
Eine alte Idee: ein Mann für viele kleine Kinder.
Scharf auf schnelles Geld. Heimatlos zwischen Spiegel
und Badewanne – ein Platz zum Fallen! Ans Gold gekettet
wie andere ans Eisen. Überall Männer. Unwirklich! Wie
Gesichtsfalten, die man müde wird, täglich zu überschminken;
sie sind liebebedürftig wie ungeborene Kinder. Kußmund,
international und feucht wie all die vielen unterdrückten
Tränen. Blond wie das Heimweh aus Deutschland. Und die
Finger gespreizt, als seien es zehn zerrissene Rosen.
Als sei das Lächeln eine Wintersonne. Als habe es unter
dieser Haut gerade geschneit. Als sei die Hüfte so
eine Maschine, dreizehn Stunden lang. Das schafft. All
die mißglückten oder aufgeschobenen Selbstmorde.
Ertragen, vergessen, verdienen. Sie würden sogar ihren
Astrologen bestechen, um herauszufinden, geht das: ein Haus
auf einem blauen Sonnenstrahl, jeden Morgen in einer anderen
Farbe erwachen und lachen und träumen von einem Leben auf
den Bäumen.
Die Männer müßten sein wie Gebrauchsgegenstände, aber doch:
so unbemerkt glücklich sind sie, wenn die Schönheit
allmählich zum Todfeind wird und das Schweigen der Schminke
unerträglich und die Augen eingeschläfert wie Katzen;
tagsüber die Angst vor jedem Licht und nachts Stofftiere
zum Reden; ein Album mit schönsten Telefonnummern.
Und innen – was ist das? Die Seele – etwas, das die meiste
Zeit über einfach nichts ist. Auch Gedichte sind nicht das
Richtige. Wenn sie Zeitungen lesen, schauen sie sich nur
die Buchstaben an, eine Angewohnheit. Privat lassen sie

Wasserhähne reparieren, weil Handwerker so normal sind. Aufhören. Weitermachen. Aufhören. Und die Hoffnung, der Laufsteg möge enden, im Park eines Schlosses. KEEP OUT PRIVATE.

Schlechtes Wetter

Ich wache auf
        mit einer Erektion,
        die mich langweilt.
Es ist Sonntag,
ein Sonntag im Winter,
an dem es regnet.
Ich höre zu, jeder Tropfen trifft.
                                Ob Gloria wach ist?
»... soll ich später was kochen?«
Da fällt mir die Frau ein, gestern im Zeitschriftenladen
an der Ecke, »Ach, wiessen Sie, Sie betrifft's ja nicht,
aber uuns Hausfraun! Wenns morgen regnet, muß ich kochen
und das geht von meinem Haushaltsgeld runter, wenns morgen
nicht regnet, muß der Alte zahl'n, dann gehn wir ins
                                                Wirtshaus!«
Sie hat recht,
mich betrifft's nicht. Ich liege im fünften Stock
unter meiner Kamelhaardecke, für die ich mal 600,– Mark
hingelegt habe, damals als ich noch keine Gedichte schrieb
und ein Gedicht über den Regen für eine intellektuelle
Entgleisung gehalten hätte –
dabei gab es mal eine Zeit, da hoffte ich,
mein Leben in einer Regenpfütze verbringen zu dürfen,
als ich klein war und älter wurde
und Regenschirme verachtete und glaubte,
Regen sei gut für den Haarwuchs,
jedenfalls glaubte mein Freund das, damals nach dem
gemeinsamen Onanieren,
            vor dem wir beide soviel Angst hatten.
Liegenbleiben (mit tausend langen iiiiiiiiiii's),
        soziologisch Junggeselle,

ich könnte Rühreier machen
oder mich überwinden und aufstehn, in ein deutsches Wirtshaus
gehen, ein Helles trinken, BILD AM SONNTAG lesen,
am Tisch sitzen wie ein Deutscher
unter Deutschen.
        Unmöglich!
        Ich kann nicht.
Warum nicht?
Nein, keine Ahnung!

        An Gloria denken, die sich
        die Schenkel parfümiert
        und vor lauter Sehnsucht
            den Brieföffner geradebiegt...
Ich fühle mich
wie ein ausgestopfter Schmetterling – NEIN – Schmetterling ist
das falsche Wort für einen wie mich – ich bin müde,
zu müde für zwei Flügel,
        für rot und gelb und blau,
vom Äther betäubt wie andere vom Alkohol
oder vom Geräusch eines frisierten Motors,
auf einer Landstraße zwischen den Dörfern,
        zu müde
        um aufzuwachen und nutzlos
    wie ein Träumer, viele Jahre älter
als das kleine Kind in der Regenpfütze, das sich eine
Tracht Prügel einhandelt vor lauter Freude
über diese kleine unebene Stelle des Gehsteigs.

Gloria sagt, »Schlechtes Wetter draußen!!
Bernd sagt »Schlafe noch«
Klaus sagt »Mein Fernseher ist kaputt«
AFN sagt »stayin bed
        enjoy yourself
            here's more of Elvis...«

Ich schneide die Zehennägel, nehme mir vor, das und das und
dann das zu erledigen
und denke
›Vielleicht erschießt mich einer,
einer, der es gern hat, wenn er seinen Namen
in der Zeitung liest,
in der Montagsausgabe!‹

Gesang vor einem Gewitter

Geh jetzt
kauf deinen Kopf zurück,
verlaß die Stadt,
verlaß die große Glücksfabrik.
Die Sonne geht auf im Osten,
sie geht unter im Westen,
das muß genügen.
Und dann,
einatmen, nur noch
einatmen.

Vergiß Verstand die Arbeit unter Sklaven,
vergiß Verstand, den Träumer zu bestrafen.
Was von ihm übrigbleibt, ist Einsamkeit
und das Gefühl, in die Luft zu fliegen,
so oder so.

Sie drücken dir ein Formular in die Hand
»Unterschreiben!«, sonst kommst du nicht ins Land,
kein Kommunist, kein Jude, kein Dynamit,
du hältst das Neonlicht für einen großen Knochen,
siehst die Tür und hörst die Leute pochen,
sie warten schon ziemlich lange und wollen endlich rein,
unterdessen tun sie ihre Arbeit und sprechen manchmal,
wenn niemand zuhört, menschenscheu mit sich selbst.

Schau sie dir an,
die Wissenschaftler, die vor den Kaffeeautomaten warten,
die Professoren, halb gelähmt, mit einem Enkelkind auf dem Knie,
im Wintergarten,
der Präsident mit einem Psychiater als außenpolitischen Berater,
die Helden unserer Zeit, die Astronauten,
die in den Mondstaub sinken,

die Wunderkinder wie sie Whisky aus der Flasche trinken.
Schau sie dir an,
die größten Köpfe,
sie haben genügend Verstand für Atombunker, Flugzeuge
und künstlichen Weizen,
sie errechnen die Sterne und deren exakte Umlaufbahn,
sie errechnen sogar, wie die Erde früher mal war,
es gibt keine Fotos, aber sie wissen Bescheid:
die Erde ist entstanden,
sie wird untergehn,
es wird neue Religionen geben, aber ein Wunder
wird nicht geschehn.
Sie werden die letzten Bäume fällen
für die Extra-Ausgabe vom Untergang.
Affe mit Armbanduhr trifft
Neger mit Fotoapparat,
so ist das Paradies,
sie gründen einen neuen Staat.

Alles summt,
die Mopedfahrer treten durch,
die Straßenbahnen streuen Sand in die Schienen,
es finden Geigekonzerte statt,
die Autofahrer sinken mit dem Kopf auf die Hupe,
der dritte Rimbaud fällt vom Kissen,
Gift!
Die Leute amüsieren sich,
es wird mit dem Leben bezahlt,
ein Geschwür, nicht größer als die Kugel, die trifft.
Der Affe wird ernstgenommen,
der Neger friert, endlich
ist Winter.

Vergiß Verstand die Arbeit unter Sklaven,
vergiß Verstand, Gefühle wie zu tolle Kinder zu bestrafen.

Irgendwo hämmert einer ganz gleichgültig
und gleichmäßig einen Stein, bis er zu Staub zerfällt –
und wenn du ihn fragst, warum?
sagt er »Für Geld!«

Geh jetzt,
kauf deinen Kopf zurück,
verlaß die Stadt,
verlaß die große Glücksfabrik.
Die Sonne geht auf im Osten,
sie geht unter im Westen,
das muß genügen.

Bruchstücke

Freunde, die wir niemals fanden
Farben, die in uns verbrannten
Frauen, die wir nie verführten
Adler, die wir nie berührten

* * *

Hör zu Mike,
wir wohnen im Keller und zwar ganz oben.
leg dich wieder hin, laß dir Zeit,
nichts ist wirklich wichtig;
nicht mal das Ticken der Uhr funktioniert richtig.
Und irgendwann träumst du,
dann ist es soweit,
dein Mädchen taucht auf
und sagt, wach auf.
Du versuchst weiterzuschlafen,
aber was du auch machst,
sie will es nicht
und du erwachst.
Das Mädchen fühlst du noch, doch nur im Kopf
und dort verschwindet ihr Gesicht in einem Loch.
Du versuchst wirklich gut zu sein
und irgendwann ist es soweit,
aber es geht daneben.
Und dann träumst du wieder
wie es sein müßte im Leben.
Hör zu Mike,
leg dich wieder hin, laß dir Zeit,
nichts ist wirklich wichtig.

* * *

Der Zauberkünstler dreht seinen Hut nach unten
und beweist, anhand eines Kaninchens,
die Ähnlichkeit aller Dinge.

* * *

Das ist es,
eine Vision,
wenn du einfach zuschaust
wie der Tag vergeht.
Daß es Tote gab, liest man.
Daß ein Krieg droht, liest man.
Es gab sovieles gestern schon,
in Wirklichkeit und in Gedanken,
daß es nicht darauf ankommt,
was heute geschieht.
Die einen glauben an Gott,
die andern greifen zur Waffe,
wieder andere halten das für das richtige Klima,
um endlich berühmt zu werden.
Was bleibt, ist ein leerer Tisch,
über den sich ein Hungriger beugt –
eine altmodische Zukunft.

* * *

Du gehst die Straße entlang,
in deinen Absätzen vibriert alles,
was nicht in Erfüllung ging.

Auf beiden Ohren unsterblich

Das war die Zeit,
als der Mond noch ins Zimmer schien,
als ich irgendwann morgens die Themse runterschwamm,
um die Beatles zu sehn,
aber die waren gerade bei der englischen Königin
und redeten über Fußball, über China und Gras
und die Königin nickte
und die Beatles versprachen ihr das.
Ringo war der einzige, der sich noch wunderte
wie berühmt er ist und blickte stur geradeaus.
John fragte einen Angestellten in Kostüm:
»Sagen Sie, sind Sie pleite oder Realist?«
George saß nur da wie auf dem Gipfel des Himalaya.
Und Paul war nett und meinte, ihm gefiele das Haus.
Sie tranken den Tee aus
und gingen wieder
und ich schwamm zurück, hockte wieder zuhause
und wartete auf die Verwandlung meines Zimmers
in eine Autowerkstatt.
Ich träumte, wußte aber nicht was.
Die Welt! Ein Kino? Ein Tanzschuppen?
Das war die Zeit,
als der Mond noch ins Zimmer schien
und das Leben aufhörte und weiterging
und du warst jeden Tag für ein paar Minuten
auf beiden Ohren unsterblich.

Poker

Meine Freunde spielen nachts
und schlafen bei Tage,
wachen zwischendurch auf, wählen eins eins neun,
Zeitansage, und erzählen dem Fräulein ne Geschichte,
die es in sich hat:
Poker Pott das richtige Blatt.

Sie wollen raus aus dem Scheiß,
ran ans Geld, runter von der Straße;
einer will New York aufrollen,
einer will ins Kloster gehn,
einer will was für die Nase.
Alles Freunde von mir, alle in Ordnung,
Treffpunkt um die Ecke,
nächste Straße.

Sie fragen mich, was ich davon halte und ich sag,
ich weiß nicht, misch die Karten neu,
die höchste Karte sticht.
Aber Joker im Poker,
nur daß wir uns richtig verstehn,
Joker im Poker, nein, das gibt's nicht,
misch die Karten neu,
die höchste Karte sticht.
Ich weiß nur eins,
geh die Straße lang,
folge dem Mond bis zum Affen,
glaube dran, dann wirst du's schaffen.

Die Sonne ist da unten verschwunden,
keiner kriegt mehr Luft in die Lungen,
kein Himmel hier und dort kein Meer,

die Lieder gesungen,
die Kreuze leer.

Und da an der Tür steht der Boss
und raucht und fragt mich, wieviele Dollars
man im Himmel braucht.
Ich sag ihm,
ich weiß nicht, misch die Karten neu,
die höchste Karte sticht.

Hauptsache, man kapiert schnell!
Im Nachtcafé werden die Tische hell.
Die Müllabfuhr schraubt die Zeiger aus der Uhr.
Die Taxifahrer stecken ihre Knarre weg.
Die ersten Penner räumen ihr Versteck.
Einer wollte New York aufrollen,
einer ins Kloster und einer wurde weggebracht.
Ich hab getrunken und gelacht,
geh die Straße runter
und raus aus der Stadt
Poker Pott das richtige Blatt.

Rocky

Du weißt wie die Tage vergehn
Eine Nacht ist lang genug, um durchzudrehn

Schau dir Rocky an
Er tut was er kann
Schluckt Pillen
Starrt aufs Telefon
Küßt seinen Talismann
Redet kaum noch was
Du kennst das ja

Du weißt wie die Tage vergehn
Eine Nacht ist lang genug, um durchzudrehn

Rocky in der Regenbogenhaut
Im hellen Licht der letzten Explosion
Rocky's Vision
Rocky löst sich auf
Du kennst das ja
Du biegst das wieder hin
Wie'n Revolverlauf

Du weißt wie die Tage vergehn
Eine Nacht ist lang genug, um durchzudrehn

Rocky folgt dem Engel nach der ihm ein Zeichen macht
Rocky ist verrückt nach ihr
Jeder kennt sie
Keiner hat sie jemals gesehn
Sie ist unnahbar wie Gold auf dem Altar
Und schön wie das Licht am Ende der Nacht
Schau dir Rocky an
Rocky erlöst
Rocky lacht

Okay Leute, das war's

Schau sie dir an,
die Superstars des Rock'n Roll,
mit welcher Routine sie aus ihrer Limousine steigen,
auf die Bühne springen,
ihre Lieder runtersingen,
ihre Tricks zeigen
wie man Mikrophone küßt, Feuer frißt und dabei
eines nie vergißt, wie total verrückt das alles ist;
mittags eingeflogen,
abends wird die Show abgezogen, der größte Saal...
oh Mann, glaubs oder glaubs nicht,
drei Hundertschaften Polizei für einen Gitarristen,
die Zeiten sind vorbei,
das war einmal.

Schau sie dir an,
die Superstars des Rock'n Roll,
mehr als ne halbe Stunde ist da nicht mehr drin
und das ist auch Routine,
runter von der Bühne,
rein in die Limousine
und abgehts ins nächste Holiday Inn.
»Okay Leute, das wars für heute!
Gute Nacht! Bis zum nächsten mal!«
Und du stehst da und siehst die leeren Stühle
und spürst nichts mehr, nicht mal so etwas
wie Gefühle;
oh Mann, glaubs oder glaubs nicht,
spuck den Kaugummi raus,
die Show ist aus.

Bob Dylan Revisited

Thank you du
Bob Dylan
Mona's jüngster Engel mit den harten Tricks
Was jetzt?

Ich hab ne Menge Jungs wie dich gekannt,
die sind damals, zehn Jahre her, in Scharen aufgetaucht
und rumgerannt,
abgebrannt,
unbekannt,
jeder war der Popstar, der nochmal durchs leere Flugzeug rennt –
jeder war der Junkie, kurz bevor er sich den Arm abklemmt –
alles Söhne Mona's,
saßen draußen in den Kaffebars,
standen an den Ecken, tauchten auf
und gingen wieder,
sangen alle deine besten Lieder
und sie warfen ihre Steine in den Fluß zurück.

Und der Prophet
saß in der Ewigkeit und fragte nach der Zeit
»Wie spät?« –
sieht eine Welt, die wieder brennt
und reagiert kaum noch,
und wenn: als Künstler, der sich Dylan nennt.
Wir haben deine Songs gehört und dann gelebt
wie einer, der gerade sang, wir haben deine Songs geliebt,
der Mann hieß damals Zimmermann wie du
und fing wie Little Richard an.

Thank you du …
…

Einmal dein Leben

Du gehst die Straße lang,
als wolltest du in die Sonne reiten.
Unter dir die Asphalt-Skyline.
Hinter dir zwei Ewigkeiten.

Du gehst die Straße lang
und fühlst dich stark genug.
Einmal dein Leben.
Der Rest ist Betrug.

Sie wollte leben,
das war alles, was sie wollte.
Sie ging die Straße bis zum Ende
und sah die Farben unsichtbarer Gegenstände
und malte nachts die Sterne an mit Lippenstift:
sie suchte ihr Leben, aber sie gaben ihr Gift.
Sie suchte nach dem Glück, das sie nicht fand
und ging allein und weiter und verschwand.

Du gehst die Straße lang
und fühlst dich stark genug, um ehrlich zu sein:
geh weiter,
und wenn es sein muß,
geh allein.

Lied

Sie lebte hier
und sie lachte
und jeder Kerl dachte
DAS SCHÖNSTE GESICHT IN DER GANZEN STADT
und ein anderer dachte
SO EIN GESICHT GIBT DOCH WAS HER

aber das war's nicht, was sie wollte;
sie wollte es schaffen, aber sie wußte nicht wie,
das Spiel hier unter Männern haßte sie;
sie hätte reich werden können, aber sie haßte Fotografen,
sie hätte berühmt werden können, aber sie haßte das Geld,
sie hätte alles haben können, überall auf der Welt,
aber das war's nicht, was sie wollte;

sie blieb sich fremd,
wenn sie in den Spiegel schaute, blieb der Spiegel leer,
sie sah es, aber sie reagierte nicht mehr.
nicht mehr.

Sie lebte hier
und versuchte manchmal zu lachen
und jeder Kerl haute sie an
Fotos machen und solche Sachen
DAS SCHÖNSTE GESICHT IN DER GANZEN STADT
SO EIN GESICHT GIBT DOCH WAS HER
aber sie hatte es satt,
schwieg, vergaß es und verließ
die Stadt.

Für den Schauspieler Peter Kern

Auch ich war mal ein schlanker junger Mann,
ehrgeizig, einsam und unglücklich;
eines Tags fing ich zu essen an
Hörn-chen
Schnit-zel
Spar-gel
Hühn-chen
und die kleinen gelben Honigkuchen!
Ich will ehrlich sein,
ich kenne Frauen, die würden ihren Mann betrügen,
nur um mir einmal beim Essen zuzuschauen.

Mein Bauch ist meine Oberweite,
die Völlerei ist meine größte Leidenschaft,
ich esse Tag und Nacht und zwar alles,
was mich noch ein wenig dicker macht.

Heute kenn ich alle Kellner, alle Köche
und die schönsten Küchenmädchen,
ich habe immer Appetit,
die Frauen wissen das und bringen mir aus Liebe
was zu essen mit
Hörn-chen
Schnit-zel
Spar-gel
Hühn-chen
und die kleinen gelben Honigkuchen!
Ich will ehrlich sein,
ich kenne Frauen, die würden sogar nachts noch
für mich Süßigkeiten klauen.

Chanson I

Ich bin kein Engel zugegeben,
nein, wirklich, schaun's mich an,
ich bin am Leben.
Ich kenne mich Gott weiß genau,
ich bin kein Engel,
sondern eine Frau.

Ich schwebe meist etwas zu tief,
ich bin nicht platinblond,
ich fliege meist im Kreis
und zeige mich dabei
am liebsten wolkenfrei.

Weiß ist nicht meine Lieblingsfarbe
und auf die Dauer unsichtbar zu sein
– als Gottes Haremsdame – liegt mir nicht.
Hier steh ich, schaun's mich an,
ich zeige mein Gesicht.

Ich bin auch nicht gerade musikalisch
und mit zwei Flügeln paß ich nicht ins Bett,
doch eines tu ich: träumen –
und meistens infernalisch.

Ich bin kein Engel zugegeben,
nein, wirklich, glauben's mir,
ich bin am Leben.
Ich kenne mich Gott weiß genau,
ich bin kein Engel,
sondern eine Frau.

Chanson II

Er war ein Zauberer,
ich ein Kind.
Ich liebte ihn, und wollte alles glauben
und als er ging, ging ich mit ihm,
soviele Jahre,
viel zu lang.
Es kam der Tag und ich verstand:
er war kein Zauberer
und alles, was er zauberte
verschwand.

Er war kein Zauberer,
er war ein Mann.
Ich liebte ihn und wollte alles glauben
und als er ging, ging ich mit ihm,
soviele Jahre,
viel zu lang,
die Träume waren Tricks,
die Illusion dressiert;
er zeigte mich von Kopf bis Fuß und dann,
als Höhepunkt der Show,
halbiert.

Er war ein Mann,
ich blieb das Kind.
Ich suchte nach der Liebe, suchte Glück
und er griff bestenfalls in seinen Hut;
das ging nicht gut.
Es kam der Tag und ich verstand:
da ist die Tür,
geh durch die Wand.

Chanson III

Nicht die Juwelen,
nicht die Blumen,
nicht Dein schwarzes Haar;
es ist nicht, was Du sagst beim Essen
und beim Tanzen nachts in der Bar;
der Himmel über uns,
das waren tapezierte Wände,
und was man so die Liebe nennt,
das waren Männerhände.
Ich weiß, was war,
ich weiß, was wiederkommt;
ich schau mir, wenn Du weg bist, meinen Körper an
und fühl ihn ganz und lange noch
ganz wunderbar,
ich fühl den Augenblick und fühl die Küsse,
ich weiß nicht mehr, was dann geschah
und ob es Liebe war –
ich weiß nur, daß ich es vermisse.

Ich weiß es nicht,
ist es erlaubt, wenn eine Frau wie ich
noch an die Liebe glaubt?

Du

Du bist, was nur ein andrer fühlt
Du bist der König, der die Krone stiehlt
Du bist die Nacht, die wie ein großes Feuer brennt
Du bist der andere, der dich nicht kennt

Du bist der Wind, der deine Spur verweht
Du bist der Held, bevor er fällt und untergeht
Du bist der Baum, die Straße und der Stein
Du bist das Ja nach jedem Nein

Du bist der Weg, auf dem du vorwärts gehst
Du bist die Antwort, die du nicht verstehst
Du bist der Fluß, der seine Ufer überspült
Du bist, was nur ein andrer fühlt

Gloria-Gedichte

So entsteht die Liebe,
an einem leeren Tag wie an diesem,
ohne ein Wort.

Du gehst morgens im ersten Licht nachhause,
mit einem schwarzen Hund im Koffer,
und machst die ersten Autounfälle.
Und abends kommst du zurück
und bleibst.

Wer bist du, wenn du einsam bist
und die Sterne anschaust,
ob sie fallen?
Wer bist du, wenn die Nacht vorüber ist,
wenn du traurig mit dem Strohhalm Whisky trinkst?
Wer bist du, wenn du anrufst und das Telefon versteckst?
Wenn du die Spiegel umdrehst, das Gesicht verdeckst
und immer wieder leise deinen Namen singst?
Wer bist du, wenn du morgen früh
alles ganz anders machst
und alles vergißt,
das Glück, das Geld und die Filme,
die dir gefallen?

Liebe mich,
damit es aufhört,
dieses Nachdenken,
wenn du nicht da bist.

Heute,
ich weiß immer noch nicht,
was es ist, dieses Gefühl,
das Flugzeug da oben
und die Reise
zu dir.

Deine Augen, die China gesehen haben,
deine Stimme, die im Ernstfall auch ein Motorboot
übertönen würde, deine Beine und die Art,
wie du sie bewegst.

Schönheit muß praktisch sein,
das hätte auch einen Mann wie Hemingway
ausgeknockt.

Was war los letzte Nacht
Wir haben unsre Träume wahrgemacht
Wir haben uns im Kino nebenan ein Pferd geliehn
Und sind nach Süden geritten
Wir haben uns bei Abendrot und Morgenrot geliebt
Und dann auf einer nichtentdeckten Insel
Irgendwo im Ozean
Gestritten

Du sagst was ich dich sonst nur in Gedanken sagen höre
Sag wenn du lügst »Alles ist wahr, ich schwöre!«
Ich seh die Sterne die auf deiner Haut verglühn
Der Zirkus kommt
Der König wechselt das Kostüm

Was war los letzte Nacht
Wir haben wieder unsre Träume wahrgemacht
Wir haben uns im Kino nebenan ein Pferd geliehn
Und sind nach Süden geritten
Bei Abendrot und Morgenrot wie viele vor uns
Die meisten sind tot

Geh nicht weg wie jemand der nicht wiederkommt
Komm nicht zurück wie jemand der bleibt
Laß uns die Straße weitergehn
Du weißt
Der Tiger springt
Der Clown bleibt stehn

Du liegst neben mir,
mit dem Arsch in der Sonne,
rauchst den letzten Rest Marihuana
und schaust mich an, ohne ein Geheimnis
enträtseln zu wollen.

Mein Kopf rollt unter eine Pyramide
und du hast eine Vision.
Wir sinken ein an diesem Süden-Nachmittag
und lassen uns verwehn und sinken tiefer ein
wie Fremde, die sich treffen und verstehn.

Nichts denken und weiterleben wie Tiere,
die ausgestorben sind.

Am Ende wird ein Haufen zusammengekehrter Marienkäferchen
im Zimmer liegen, die sich an uns sattessen.

Ich werde nicht fragen
und du wirst lächeln.
Ich werde dich an der Hand fassen
und mit dir gehn, auf eine Insel,
für die es keine Verwendung mehr gibt.

Das gibt keiner gern zu,
daß er verrückt ist nach seinem Mädchen.
Tagsüber vergißt man sowas
und ist ganz der Alte.
Aber die Zeit vergeht,
die Sonne geht unter,
alles ruhig,
das Radio läuft,
du machst die Hose auf
und läßt es sein,
läufst vor den Spiegel,
völlig umsonst,
und dann fällt dir ein,
daß sie schön ist
und verdammt weit weg
und du sitzt da und wartest
auf den Anruf, der nicht kommt
und sagst dir,
immer mit der Ruhe Junge,
lies die Zeitung nochmal,
trink noch'n Whisky,
einen auf die siebziger Jahre,
dieses elende großzügige Jahrzehnt.
James Dean umarmt die Monroe/
Die Seele die nach Liebe schrie/
Sang Lieder nach Noten/
Liebe ist wie Sterben/
Aber Töten ist verboten.
Hauptsache, sie muß nicht weinen.
Morgen bist du wieder ganz der Alte
und keiner wird merken,
daß es dich fast den Verstand gekostet hat
so allein die letzte Nacht.

Ich bin nackt,
schau her.

Es ist still,
hör zu.

Ich will mehr,
ich will.

Ich will,
daß du vorbeigehst
und mich liebst,
ohne dich umzudrehn
nach mir.

Erinnere dich an nichts
als die Liebe.

Vergiß mich.

Poesie ist die Erinnerung
an all die Liebenden, die sich
nach dem Tode sehnten und weiterlebten.

Und wenn sie endlich sterben,
wird es zu spät sein
für jeden von uns.

TIME WILLTELL

Gedichte in englischer Sprache

Pieces of Eight

All the very complicated ladies
dreamin' visions into days
lookin' in a broken mirror
waitin' for the face
that face they've never seen before

All the clouds of crashin' airplanes
spotlights visions of King Kong
pictures of tomorrow
something must be wrong
something must be wrong

Ain't that reality
or may be its just released
by some movie industries?

Landlords screamin' at the floor
neighbours ready for a fight
winners lose their games tonight
lovers cry for more
still I'm livin'
wake me when I die
there's a war outside my door
but I don't know why

All the very educated people
change all colours into black
we don't need their rules tomorrow
sunshine's comin' back
light will shine on you

It

Wake up early morning
takes an hour moaning
and my baby wants it go
knows it how to make it
knows it how to take it
and she wants me go on more
she calls me Highway Roller
come on go
take me high even when I'm low
you got the rollin'
you got the rollin'

Shake it every morning
take it every morning
turn around and let it go
she knows how to play it
she knows how to say it
and we do it just right now
she calls me Highway Roller
come on go
take me high even when I'm low
you got the rollin'
you got the rollin'

Black Magic Overdose

He's born down in Germany
he's made out of phantasy
you gonna meet him still around
'cause he's The Famous Man
who blows the universe
but he didn't make it

He's gone but he's still alive
he's mad like the butcher's knife
you gonna meet him over there
'cause he's just one of those
Black Magic Overdose
but he didn't make it

He's born down in Germany
Madman meets Reality
you gonna see it everywhere
'cause there are more of those
Black Magic Overdose
hope they'll never make it

Jackboot Angel

I threw it all away
I'm rollin' night and day
rollin' down a dirty road
they knocked me down at eight
they played it cool or straight
tried to kick me out of town
I said realize
they cut you normal size
they want you
but thats not me

thats why they call me Jackboot Angel
thats why they call me Jackboot Angel

I'm staying for a while
and taste your candy smile
fade my memories away
I never played with you
I never said its true
just a guy to go for two
I said I realize
they cut you normal size
they want you
but thats not me

thats why they call me Jackboot Angel
thats why they call me Jackboot Angel

Re-la-ti-ve-ly told

Inside the outside of nothin'
living next door to Einsteins wife
inside the outside of nothin'
she's cuttin' colours with a knife

wonder why she aint't looking younger
takin' some pills to get old
no wonder why she ain't looking younger
because he's had it
re-la-ti-ve-ly told:
takin' the inside for living
takin' the outside for life
takin' the both sides for nothin'
she knows the three high-energy-
combinations

Call the circus

Lovely G.
go out and see
all the other sings
and taste good money
and the other kings
may be you think
thats funny
taste good money
and the other kings
but please my love
you know its true
clowns are not paid for painting clouds
and looking through

call the circus
call tonight
birds dancing high
and tigers go alright
call the circus
call tonight
love to hear your voice
even telling me a lie

Tell me

My mother's lookin' sad
my father talks too fast
my girl believes in dogs
I'm lonely goin' mad
with doctors playing frogs
around my bed

Right, they teached me talkin'
runnin' crazy eight to five
and they pushed me growin' up
father took his second wife

Right, the army called for me
but I didn't take a gun
no! I said to the commissioner
no! I said to everyone

No possessions, no confessions
no collections, no protections
let your angel take a fly
I'm just livin' and I try

Tell me to see what you say
tell me come over and stay
tell me who's there on the phone
I'm lonely goin' mad alone

Which of us know how to go on and show you
whats inside a candle-light flame

Which of us know who's next on the show
winning or losing his game

Which of us know how to go on and show you
whats inside of pleasure and pain

Tell me to see what you say
tell me come over and stay
tell me who's there on the phone
I'm lonely goin' mad alone

Too lazy

I'm too lazy to get ready
kicking off my bones
got the silence in my earphones
got the call to go
oh thats alright for tonight
falling down
feeling fine
passing through the rainbowline
someday when I'm ready
someday when I'm happy
I'll find the place to stay
I'm too lazy for the trouble
like the blind man who can see
there's a fool in every couple
there's a door for every key
folded queens in magazines
papers filled with crime
all my friends are gone away
looking for a place to stay
oh thats alright for tonight
falling down
feeling fine
passing through the rainbowline
someday when I'm ready
someday when I'm happy
I'll find my place and stay

Männer und Frauen

Ich werde nicht warten.
Ich brauche keine Zukunft.
Das Leben zählt nicht.
Es dauert zu lange.
Es dauert länger als
jede gute Story. Chuck

COUNTDOWN DER GEWALT:
das Elternhaus,
die Universität,
der Krieg in Vietnam
und Watergate
und alles, was danach noch kam,
ein paar Tote
und Notstandsgesetze
und Berufsverbote –
alles zwangsläufig wie Kopfschmerzen
nach zuviel schlechtem Wein.

Der Gegner?
Die Verhältnisse,
das System;
eigentlich alles,
eigentlich alle.

In diesem Western gibt es keine Pferde,
es geht um Schweine. Es gibt, sagen sie, zu viele
davon. Und ein paar Tote in einem Land,
wo sie sechs Millionen vergast haben,
was ist das schon.

Sie arbeiten wie Profis,
brutal und international.
Der Gegner ist kein Mann aus Laramy.
Und jede Schießerei ist wie ein Abendmahl
für sie.

High Noon in Lufthansajets.
Banküberfälle wie im Kino,
aber was den Besitzer wechselte,
war endlich echtes Geld.
Und irgendwann lief er auf Null,
der Countdown der Gewalt, und dann

war es zu spät. Die Colts wanderten in Damenhandtaschen
und die Cowboys waren Frauen und wer tot war,
stand nicht mehr auf.

Der Sexappeal der Illegalität –
alles zwangsläufig wie Eintagsfliegen
und Fensterscheiben.
Und über die Fahndungsschirme
flattern falsche Bärte und deutsche Namen
und jeder im Land hat plötzlich Angst
um die Demokratie,
sein Haus und
sein Auto.

Auch Hitler wurde mit den Juden fertig.
Das ist schon Tradition.
Ein bißchen Todesstrafe,
ein bißchen made in germany
und ein paar Freikarten
zum Mitschießen.

Sie sind verrückt,
das Volk und die Verfolgten,
es ist kein Unterschied,
die einen singen die Revolution,
die andern das Deutschlandlied –
alles zwangsläufig wie Leben
und Sterben.

Deutschlandlied

»In gewissen Dingen sind wir der Welt eben doch überlegen« –
das war auf einem Cocktail,
der eine hatte den ganzen Nietzsche gelesen,
der andere ist nur noch privat ein Nazi,
Musikliebhaber, etwas Deutsches
wie Tierliebe und Menschenhaß,
dieser Fleiß im Denken, im Töten –
jeder Hund, der hungrig über eine leere Straße schleicht,
würde das Leben so viel schöner machen
als dein nagelneuer Mercedes.

Nein, danke,
ihr Deutschen,
ihr Kerkermeister des Profits,
ihr Profis des Stumpfsinns,
ihr Erzengel aus Kruppstahl,
ihr Mitbestimmungsehepaare,
ihr Fachleute für perfekte Schrauben,
satt und selbstgerecht,
beseelt nur von Tatsachen,
welch ein Volk,
wie sauber die Mülltonnen,
wie abgesucht die Nacht,
wie böse.

Ich habe die Lust verloren an deutscher Lebensfreude,
an den Treibjagden der Logik,
dem Ordnungssinn eurer Gefühle,
dem Efeu von Angst und Größenwahn,
dem Mondschein,
der Himmelfahrt vom Gebirge
bis in die Tiefebene,

ihr, die ihr nicht begreift,
daß jeder Mensch eine Mehrheit ist,
ein anderer, noch anonymer Kosmos
oder ein paar weiße Schaukeln oben im Wind,
der hart gegen Fabriken schlägt.

Ich will dem, was ich liebe, keine schönen Namen geben.
Ich lese Majakowski – auf der Suche nach einem Volk.
Ich lese Pablo Neruda – auf der Suche nach einem Volk.
Ich liebe Lorca's Liebe.
Ich tausche euch jeden Tag ein
gegen mein Leben.

Aber die Welterfolge des Westens langweilen mich.
Mir sind hundert kleine Gauner lieber
als dieses Ensemble aus Butter und Theorie,
die Gattin,
der Ehemann,
das Unterbewußtsein halb geöffnet,
selbstgemalte Aquarelle,
ein Negerschwanz aus der Hölle,
das ganze furiose Atomzeitalter.
Ein vergammeltes Café am Ende der Welt
hat mehr zu bieten,
nichts klappt,
die Gegenstände haben Tauschwert,
etwas Primitives wie Licht und Luft,
die Vernunft kehrt aus den Köpfen heim
in die Körper.

Ich bin kein Fremder, wo ich nie war.
Ich trinke mich nur manchmal müde
auf halbem Weg von hier nach da.
Aus keinem Ventilator kommt der Wind,
den ich brauche.

Ich fühl mich wie der letzte Dreck,
der letzte Mann an Deck eines Schiffes,
das immerzu untergeht.

Ihr könnt mir die Eier betätscheln,
ihr deutschen Urlauber,
ihr Überheblichkeitsmenschen,
ich sah ganze Landstriche häßlich werden,
ich sah euch auf ein fremdes Lächeln einreden
und die Welt beherrschen.
Der deutsche Geist – zusammengeschweißt
an Blut und Boden.
»In gewissen Dingen sind wir der Welt eben doch überlegen« –
nein, danke.

Ich ging nachhause. Das Leben erinnerte mich
an einen Witz, den ich vergessen hatte.

Die Häuser standen da, vom Schlaf bewohnt.
Ein Vogel fiel in die Allee.
Die Schaukeln schlugen knarrend ins Leere.
Ein Hund schlich vorbei.

Anklänge an tiefere Gesänge …

Kikeriki

Wozu ist es gut,
an diesem Tag aufzuwachen?
Den sie begraben haben, vergißt man.
Der fortlief, holten sie zurück.
Ich sah ihn kommen, ein Mann ohne Glück.
Ihm haben sie alles genommen.
Daran krepiert man.

In seinem Käfig läuft der Tiger wieder
bis zum Umfallen an den Gitterstäben entlang,
zehn, zwölf Stunden.

Abends im Werbefernsehen lachen sie,
wenn sie morgens unter der Dusche stehn,
muskulös wie Männer in Liebesfilmen,
und die Frauen benützen die richtige Dosenmilch,
die wie ein Goldfaden durch's ganze Bild läuft,
direkt in meine Kaffeetasse.

Alles ist grau
wie die Steine, die neben
dir warten.

Leben ist wie Fahren
Alles, was da ist, ist nur für einen kurzen
Augenblick da.
Davon träumt man doch manchmal.
Daran krepiert man.
Glaubst du, ich lebe noch?
Den sie begraben haben, vergißt man.
Der fortlief, holten sie zurück.
Ich sah ihn kommen, ein Mann ohne Glück.
Ihm haben sie alles genommen.

Als Profiboxer bin ich zu alt

Langsam wurde es Abend
und langsam dunkel.

Ein Mädchen rief an;
ein Mädchen, oder wie du sagst,
wieder so eine.

Sie hatte ANGST, verrückt zu werden.
Ich weiß nicht, sagte sie.
Ich weiß auch nicht, sagte ich.
Wir unterhielten uns über das Wetter
und Zadek's Shakespeare-Inszenierungen, nicht wahr,
und über die Vorteile von Karottensaft.
Ich hörte zu und wurde müde.
Ich dachte an einsame, impotente, kalte Männer,
die nachts von fremden Frauen träumen,
in irgendeiner Hofeinfahrt irgendwo
in ihrem Kopf,
sie haben auch ANGST, verrückt zu werden;
Zärtlichkeit, das sind Schlingpflanzen,
das zieht dich auf Grund.
Ich weiß nicht, sagte sie.
Der Himmel war bewölkt,
man sah keine Sterne,
die Männer, die von der Arbeit kamen,
schliefen bereits, durch mehr als ihren Schlaf
getrennt von ihren Frauen.

ANGST? Ich wartete drei Stunden
auf Ali's Kampf gegen Spinks und kroch
nach Ali's Niederlage ins Bett,
müde und alt wie ein Ex-Weltmeister.

Ich lag im Bett
und draußen wurde es hell,
es blieb dunkel.

Sieben Kontinente Krieg

Ich frage mich,
ob die Welt noch zu retten ist.
Ich denke, vielleicht sind die Affen
wieder mal an der Reihe,
und gehe rüber zum Affenkäfig.
Aber die Affen sind anderer Meinung,
lassen sich füttern, kratzen sich am Arsch
und hören Radio. Ich brauche ein Bier.
Ich will eine Frau kennenlernen,
die es nicht gibt. Nach dem vierten Bier
bin ich wieder soweit, daß ich mich frage,
ob die Welt noch zu retten ist.
Ich weiß nicht,
ich weiß nicht und gehe
nachhause.

Kinder gehen sterben.
Männer suchen nach einer Mutter,
Frauen nach dem Vater. Wie soll das je
funktionieren?
Liebe, erste Sünde der Freiheit!
Sonne des Südens! Vielleicht komme ich
eines Tages noch dahinter.

Ich denke an sieben Kontinente Krieg,
an sieben Meere voll Gold,
putz mir irgendwann die Zähne
und esse anschließend den halben Eisschrank
leer, beim Ausziehn fällt mir wieder die Frau ein,
die es nicht gibt.

Wir sind alle eine große Familie.
Großvater kennt kein einziges Märchen mehr
und Großmutter sagt im Irrsinn *goodbye!*
Ich weiß nicht,
wann es anfängt
und wann es aufhört
und was es ist.

Man sieht es manchmal im Kino,
hört es manchmal, wenn niemand spricht,
berührt es nachts in der Erinnerung.

Jeder sucht nach etwas, das er nicht
finden will. Es soll ihn
töten.

Ein Lächeln

Wir haben rot,
wir warten auf grün,

die Motoren warten,
die Menschen warten,

ich warte
und sie wartet auch,

ich bin ein Mann,
sie ist eine Frau,

ich denke, ein Lächeln wäre nichts,
aber angenehm,

aber sie schaut weg,
durch die Luft nach vorne,
und haßt mich, weil ich ein Mann bin,
weil es Nachmittag ist
und sonst nichts.

»Kennen wir uns?«
Nein.

»Was will der Kerl?«
Nichts.

Ich denke, wir haben Zeit füreinander,
ein wenig, ein paar Sekunden bis grün.

Sie denkt, ich will ihre Beine sehen,
aber die Autotür ist aus Blech,
auch im Kapitalismus.

Sie könnte den Rückspiegel abreißen
oder das Gas durchtreten bis zum Erdmittelpunkt,
wo es dann gleichgültig wäre,
Mann oder Frau,
Tag oder Nacht,
rot oder grün.

Bei gelb fährt sie los,
als wolle sie die Straße totfahren.

Was haben, denke ich,
alle Menschen miteinander falsch gemacht,
unsere Eltern, unsere Ahnen,
unsere Affen?
Was ist aus der Geschichte mit
unserer Zukunft geworden?
Und daß nur Frauen Beine haben,
was kann ich dafür?

Hier könnte das Gedicht aus sein.

An der nächsten Ampel ist es ein Mann,
der mich für eine Frau hält
oder für einen Irren, weil ich
wieder lächle für einen
kurzen Augenblick.
Und als ich mein Auto parke,
zählt einer die Groschen, die ich
in die Parkuhr stecke, weil in der Zeitung
einer gesucht wird, von dem jede Spur fehlt.
Vielleicht steht nachher, zuhause,
ein Mann vor der Tür und sagt
»Sind Sie Herr Wondratschek?«
und ich sage »Was gibt's?«
und er sagt »Keine falsche Bewegung!«

Und nachts im Traum, denke ich,
werden sie mich dann verhaften,
diese Frau,
dieser Mann,
die Eltern,
die Ahnen und
die Affen.

»Deutschland im Herbst«

Ich habe Dichter getroffen,
die Gedichte verfaßten über die Freiheit
des Menschen und die Macht der Phantasie;
und jeden Abend waren sie besoffen, weil sie
das Leben haßten und die Frauen
und die Poesie.

Sie diskutierten Kommunikationsprobleme,
kotzten das Bier wieder ins Becken und suchten
in Zimmerecken nach Zärtlichkeit. Aber da lagen
nur ein paar alte Socken, ein Bildband über
Konzentrationslager und eine Karte
aus Ibiza.

So verschieden waren alle,
die einmal alles gemeinsam tun wollten,
in unsichtbare Labyrinthe interniert,
mit einer Sonne für die Wissenschaft
und einem Mond für die Prärie
und einer Marx-Gesamtausgabe,
zwölf Bände Theorie.

Ich habe Leute gekannt,
die sind mit dem Kopf gegen die Wand gerannt,
um Deutschland zu vergessen.

Ich habe Leute gekannt,
die starrten wie gebannt auf Buddha's Bauchfalten,
und hörten allmählich auf, einen Körper
zu haben.

Einige wechselten im Kopf
ihr Geschlecht.

Einige legten die Karten auf den Tisch,
um die Hände freizuhaben für einen ersten Schußwechsel
mit der Politik.

Für einige war der Himmel ein Gefängnis
und die Erde ein Platz zum Sterben
und Deutschland der Schlußstrich
unter eine offene Rechnung.

Ich weiß nicht,
wieviele Niederlagen nötig sind zum Sieg,
wieviele Frauen Glück bedeuten
und wieviele Tote endlich
einen Sinn ergeben.

Eine Frage, Genosse

Was ist los mit ihm,
wollt Ihr wissen. Aber
Ihr wißt doch:

sein Hass war lückenlos,
sein Kopf lief quer durch alle
Manifeste, andere Gefühle empfand er
als störend,

er war mit der Faust eine Zeitlang
dem Himmel sehr nahe,

er hat studiert,
hat versucht glücklich zu sein,
hat das allgemeine Scheitern
mit allen geteilt,
brüderlich,

und war dann,
ein unbesiegter Verlierer,
verschwunden,

das Zimmer, in dem er saß,
hinterließ überall Ecken, auch
im Kopf,

durch die Tür sah er,
groß wie ein Briefschlitz,
die Welt,

und wartete ungeduldig
auf nichts, was immer es
sein mochte,

bemuttert vom Finanzamt,
ausgefragt von den Ratlosen,
heimgesucht von Fliehenden,

ledig, stattdessen
versessen auf chemische
Verbindungen,

unglücklich, aber mehr aus
Nervosität,

die Gewalt hat gesiegt,
sie siegt immer, eine nach
der andern,

und die Herzen bluten wieder
wie Alpenglühn, rosarot
und kalt;

manchmal trifft er einen,
einen wir Ihr, einen mit
Verdauungsstörungen,

der auf alles
scheißt.

James, Jimi und Janis

Todessehnsucht, mein Junge,
Selbstmordgedanken, Abschiedsbriefe,
zehn doppelte Tequila
und das Gleiche nochmal
und das Gefühl, daß totsein einfacher wäre
als warten, leben und weiterleben
und aufwachen,

na schön,
bei Föhn das Küchenmesser anstarren
und denken, jetzt! –

aber jetzt,
das ist doch wie immer drei Jahre zu spät
oder drei Jahre zu früh …

James, Jimi und Janis,
niemand lebt, um kerngesund
zu sterben,

und jeder braucht das,
ein paar Niederlagen,
einen knockout,
ein paar Nächte ohne Sonne
und Freundinnen, die irgendwann
mit abgebrühten Pessimisten
durchbrennen,

was du nie sein wirst,
nach zehn Tequilas nicht,
nach fünfzehn Runden nicht
und nicht in drei Jahren
wenn das Gefühl, daß totsein einfacher wäre,

die Politiker beschäftigt
und Selbstmordgedanken die Industrie ankurbeln
und Freitod-Festivals stattfinden
und ganze Nationen Abschiedsbriefe abfassen
und deine Todessehnsucht ein Ladenhüter ist,
historisch geworden wie Armstrong
auf dem Mond.

Du wirst alle Schlagzeilen vom Untergang
der Welt überleben.

Du wirst das Küchenmesser anstarren,
bis es stumpf ist.

Du wirst auf Brücken stehen
und weitergehen, hinter einer Blonden her,
die ihre Hüften schaukelt im Takt
der Kirchenglocken.

Du wirst alt werden,
ein paar Schallplatten zurücklassen,
ein paar Sachbücher über die menschliche Seele,
für deren Lokalisierung noch ein Nobelpreis
aussteht.

Private Gefühle werden nur noch
in Science-Fiction-Romanen eine Rolle
spielen,
asbestblau,
kugelsicher,
mit einem Kundendienst
für Einzelteile.

Das Beste wäre,
heiter den Fortschritt hassend,
eine Karriere als Idiot,
ein Rätsel an Ausdauer,

zäh bis in fremde Fingerspitzen
und unvollkommen,
unvollkommen
lächelnd.

Ob Gott ihr einen geschenkt hat, einen Mercedes Benz?
Ob Dean noch immer auf die Taylor wartet?
Und Jimi umgestiegen ist
auf Honig?

Wen interessiert denn das,
werden deine Kinder sagen und
ein paar King-Kong-Pillen schlucken
und sich wohlfühlen wie vierdimensionale
Schildkröten,

Tiere, die selbst im Zoo
in Freiheit leben dürfen,
dank ihrer Anpassung.

xxx

Jetzt schreiben sie alle
einen ziemlich flotten Stil,
knallhart, anbetungswürdig banal,
mit ein paar eingestreuten surrealistischen
Tatsachen, ein paar Kleinigkeiten
in Lebensgröße und, ohne viel Worte,
jede Menge Übertreibungen.

Hauptsache,
es klingt nicht besser als die Zeitung
und du verstehst, was ich meine.
Das ist augenblicklich modern:
die Oberfläche,
das Unterhemd,
das Innenleben der Muskeln,

all die verdammten Sprüche von dir
und dir und die Ausdrücke, für die man
eine ganze Kindheit lang nur
geprügelt wurde.

Was niemals wichtig war,
nein, sie vergessen nichts,
schlaflos, aufgekratzt,
immer zu alt.

Sie bezichtigen sich aller Unarten,
kopieren jede Kreuzigung, heben das Bein
höher als Hunde, lassen sich vollaufen
und schreiben dann die Ode
über's Flaschenpfand.

Keine Aufregung,
die Männersonne brüllt auf die Milch-Shakes ein,
in jeder Zuckerdose herrscht Weltraumstille
und die Schwäche für Kraftausdrücke
ist das Stärkste, was sie
zu bieten haben.

So jedenfalls passen sie,
auch breitbeinig, durch jedes
Nadelöhr.

Kleines Schmerzporträt

Das ganze Elend mit diesem Kerl
ist, daß ihn nichts mehr beeindruckt.
Ich meine, der Friseur könnte ihm die Kehle
durchschneiden, er würde weitermachen
wie immer. Am liebsten sind ihm Schmerzen,
die man garnicht spürt, also die gefährlichsten,
mit ihnen lebt er wie mit guten Freunden,
nennt sie Gefühle,
es ist alles, was er hat,
unterteilt sie in Männer und Frauen,
in Pflanzen, Tiere und Steine,
es gibt Wälder, Flüsse
und Tag und Nacht,
über den Gräbern wartet der Himmel
und über der Stadt ein Polizeihubschrauber,
in den Büchern warten Liebespaare auf den Tod,
in den Zeitungen sterben sie.
Irgendwann heute schlug unser Mann,
geistesabwesend über nichts nachdenkend,
mit dem Knie gegen die Tischkante,
es tat weh, fürchterlich weh,
als der Schmerz nachließ, holte er Luft,
strich sein Hemd glatt, holte die Pizzahälfte
aus dem Eisschrank und frühstückte,
Dann setzte er sich wieder hin
und überließ sich wieder diesem anderen
Schmerz, den man nicht spürt –
und ohne den er sich auf dieser Welt
so unnötig vorkäme.

All you need is love

Jeder kennt das.

Die Sonne scheint,
ein Auto hupt und Kinder
streiten sich um
einen Ball.

Einer rast gegen den Baum,
einer schluckt Tabletten,
einer geht wie Hemingway
auf Nummer sicher.

Vielleicht gibt es Gründe,
vielleicht auch nicht.
Vielleicht wird es tatsächlich eines Tages
zu kompliziert,
über das Leben nachzudenken,
dazusitzen und über das Leben nachzudenken
und anschließend tanzen zu gehn,
die Fragen vergessen,
auf Antworten verzichten,
die Schmerzen ertragen.

LACHT NICHT,
jeder kennt das.

Daß einer nicht mehr leben will, versteh ich;
daß einer sterben will, auch klar.
Aber tot sein?

Gestern sprang wieder einer aus dem Fenster,
einer in meinem Alter. Ich weiß nicht, wer er war
und was er dachte und fühlte und warum
es sein mußte.

Aber ich kann's ihm nachfühlen,
ein Sturz und die größte Lebensfreude
und dann ein Aufprall.
In der Zeitung stand eine Notiz,
sein Name und seine Freundin wird ihn
jetzt wahrscheinlich eine Weile wirklich lieben,
mehr als je zuvor.

Es ist stumpfsinnig,
darüber nachzudenken,
und jeder weiß, es ist
sinnlos.

Und das ist manchmal gerade
das Schönste an allem.

Alte Fehler

Immer wieder die gleichen alten Fehler,
ein paar miese Angewohnheiten, erdenschwer
wie der Bauch eines Biertrinkers,
lächerlich und tödlich
und nachts, zwischen Mond, leeren Flaschen
und all den allerletzten Zigaretten,
eingepökelt in leichte Musik,
deine Gleichgültigkeit, deine Neugier,
Stolz, Eifersucht, Treue,
das ganze Wörterbuch,
falsch und dumm

wie dieser Streit.
Sie schreit nicht,
sie REDET nur; und du weißt,
sie hat ihn geliebt.
Auch eine Geschichte, die vorbei ist,
hört nicht auf.
Zuviele Männer,
zuviele Frauen,
irgendwann fängt es an
und hört auf und endet neu

im nächsten Streit.
Sie sagt fast nichts,
sie sagt nur »Er war ein Mann!«
Und du sagst »Verstanden!«
Und sie sagt »Verstanden?«
Natürlich willst du wissen,
wie er im Bett war. Natürlich
kriegst du keine Antwort.
Sie hat recht. Alles ist lächerlich

und tödlich und die Männer ein Haufen Scheiße
und Leidenschaft eine Seltenheit.
Jeder weiß das,
Frauen wissen das,
Männer wissen das,
es macht beide einsam.
Das kann die ganze Nacht so gehn,
es sei denn, du bist noch halbwegs bei Verstand.
Um die Sterne zu sehn,
brauchst du nur den Kopf zu heben.
Aber was sind Sterne, morgens um vier,
auf der Suche nach einem Erdloch.
Du bist nicht der einzige,
der die Erde aufgräbt im Kopfstand.
Du kannst Reis fressen, jeden Tag eine Handvoll,
und anders ein- und ausatmen als bisher.
Ein paar Fragen bleiben
und die alten Fehler wiederholen sich
hinter der nächsten Tür.

Mein Gott,
es macht Spaß,
unvollkommen wie ein Gedicht aus Wörtern,
wenn wir umsonst die Augen schließen und fremde Küsse küssen
und alles wissen wollen,
auch die Lügen, für die man bestraft werden will
wie ein Kind.

Ein paar alte Fehler.
Jeder Streit ist der letzte.
Und etwas, das es nicht gibt,
gibt es.

Männer und Frauen

Die Frauen, die ich traf, brauchten Männer.
Ich traf Männer, die Frauen brauchten.
Aber die Frauen waren allein
und die Männer waren einsam.
Manchmal klappte es.
Manchmal klappte es sogar ohne Alkohol.
Manchmal lachten einige und liebten einander
einige Zeit, eine Nacht oder ein Jahr.
Aber im siebten Himmel nur Russen
und Amerikaner.
Ich sah tote Sieger
und geschminkte Verlierer,
Hoffnungslose, Verzweifelte,
Selbstmörder.
Ich sah Männer und Frauen.
Ich sah Frauen warten auf Liebe
und Männer warten auf Frauen.
Ich sah Männer und Frauen nach Menschen suchen
mit anderen Geschlechtsteilen als denen
von Männern und Frauen,
Ich traf Männer und Frauen,
die hielten diesen Unterschied für altmodisch
und kehrten zum Stimmbruch zurück
mit fremden Hormonen im Körper
und suchten andere Märchen als dieses eine,
dessen Überlieferung zurückreicht
bis ins Paradies.
In allen Umfragen siegt die Zärtlichkeit,
aber zärtliche Frauen, zärtliche Männer…
wohin soll das führen?
Und die Männer waren zärtlich nur noch mit sich selbst

und die Frauen blieben Frauen auch im Kopf
und unzüchtig nur in Gedanken,
eine alte Geschichte, älter als
alte Liebesbriefe.

Und die Männer – gibt es noch welche?
Und die Frauen – wo sind sie?

Was ist es,
dieses Tier,
aus Mann und Frau gemacht,
und ungeboren?

Ein paar Männer reden.
Ein paar Frauen gebären.
Die Opfer werden geboren mit einem Schrei
und abgeschoben zum Weiterleben und Weitersterben
in den Echos des Entsetzens.
Es ist der schönste Krieg.
Brutale Liebe und romantische Gewalt
und kalt knallt das Glück
gegen die Sonne.

Ich traf Männer, die Frauen brauchten.
Die Frauen, die ich traf, brauchten Männer.
Anfang und Ende wiederholen sich
wie tote Jahreszeiten.
Nach jeder Liebschaft die nächste Erinnerung
und das Vergessen hinterher,
das nie aufhört.

Und irgendwann stehen wir alle beisammen
an einer Bar oder einer Haltestelle
oder am Fenster
und trinken
und warten
und fallen.

Expertise

Es geht nicht darum, daß sie schlechte Liebhaber sind
oder verschuldet und fast schon Großvater
oder anfällig für Infarkte, gute Whiskytrinker
oder Skatspieler, sie sitzen um einen Tisch
und wirken ernsthaft, haben Umgangsformen
und hören zu.
GEFÜHLSKÄLTE,
sagen die Experten,
das Wort ist gekauft,
daraus machen wir was,
am besten ein Lächeln für Männer,
Männer, Ehemänner, die glücklich verheiratet sind
und kein Glück mehr ertragen können,
nicht mehr diese Wärme,
diese gleichbleibende, über Jahre, Jahre und Jahre hinweg
konstante Wärme des Gefühls,
das Gegenstück zu tausend Nächten im Ehebett,
die Frau zu nah, auch im Traum,
und die Kinder, das Küssen,
das Getue...
Die Experten atmen aus.
Es geht nicht darum, wer die Herren sind,
sondern was sie entscheiden.
Sie atmen aus.
Die Experten sagen,
GEFÜHLSKÄLTE,
daraus schneiden wir einen Schlitz,
vier auf vier Meter,
und lassen lächeln,
eiskalt,
weltweit,

so starb der Star,
so funktioniert das,
ein Blick wie ein Texasstiefel
und jede Pore ein Fragezeichen.
Gefrierkaffee, Speiseeis, Autoreifen …
Männer, Ehemänner, Verlierer …

Oben, im einundzwanzigsten Stock,
sitzt der Boss. Über ihm die Hölle.
Er ist tot.

So bin ich groß geworden

Ich machte mir damals noch keine Gedanken.
Wenn es regnete, dachte ich, jetzt regnet es
auf der ganzen Welt. Bei Windstille dachte ich,
jetzt fallen die Flugzeuge runter und die Äpfel.
Beim Äpfelauflesen sah ich den Arsch meiner Tante
und dachte, jetzt kommst du ins Irrenhaus.
Ich saß im Wald, haßte alle Blumen
und wollte alt werden.
Ich las nur Bücher, die ich nicht verstand.
Ich war nicht größer als die Hüfte eines Cowboys,
als ich was spürte und an Liebe dachte
und es mit der Hand machte,
zum erstenmal.
Es tat weh.
Ich bekam vom Träumen Nasenbluten.
Ich habe Witze gerissen, daneben geschissen
und die Sonntagsschuhe verschlissen beim Fußballspielen.
Das war die Zeit, als es noch Hungerkünstler gab.
Ich wollte plötzlich ohne Grund sterben,
suchte im Kopf ein paar Hände,
um dem Hungerkünstler die Hand zu schütteln;
ich war schon damals romantisch,
saß im Wald, haßte alle Blumen
und wollte Dichter werden –

aber daraus wurde nichts.

Träumerei in Ornos

Ich schaue aufs Meer,
alles klingt so unendlich wie auf einer Schallplatte,
ein Schiff fährt vorbei.
ich lasse New York zusammenstürzen in dieser
biblischen Mittagshitze,
die Sklaven bestrafen ihre Herren,
die Matrosen losen um ihr Leben –
in den Schiffsbäuchen gesunkener Segler
wird das Gold neu verteilt,
in jedem Hafen sitzt einer
und erklärt die Welt.
Das Land jenseits der letzten Welle,
wo Sonnenuntergänge tabu sind
und die Giftschlagen töten
wie im Paradies.
Gott war ein Mann, der wahnsinnig wurde.
Onassis profitierte davon und ein paar andere.
Aber die Erde blieb ausgedörrt
und auf ihr lagen die Steine, als sei mit ihnen
die Mathematik entwickelt worden.
Ein paar Maultiere, Ziegen und Schafe
und gegen Abend ein Mensch.
Du kannst töten, sagt man,
nach drei Tagen Wind.

Ich schaue aufs Meer,
Sonne, Schatten und Traum,
in jedem Kopf quält sich ein andrer Mensch;
vielleicht gibt es Geheimnisse,
die älter sind als die Risse
im Fels.

Osterspaziergang

Es wird hell und dunkel.
Gras wächst durchs Feuer.
Luft fliegt davon.
Blut tropft in Flaschen.
Ein Licht, tiefschwarz.
Ein See, etwas Unvergängliches.
Männer und Frauen, bibelfest
und labil.
Es ist schwer in Worte zu fassen.
Mein Kopf sitzt noch oben
und die Zeitungen loben
das Fallbeil.

Leerer Biergarten

Hier saß man schon
zu anderen Zeiten der Barbarei
bei einem Bier und einer
Weltgeschichte.

Jetzt regnet es.

Tische und Stühle stehen da
sie haben Ewigkeitswert.

Ein Gewitter antwortet auf die Seufzer
der Zufriedenen.

Das Aufhören der Welt
hört nicht auf.

Eine Stille zieht ins Gebirg
und die Mönche gehn über Wege,
als sei's eine Strömung.

Sommer

Ich setz mich in den Schatten meiner Hutkrempe
und folge jeder Frau nach Rio
und jedem Hund zur Hündin
und jedem Lebewohl.

Spätvorstellung in der Stammkneipe

Ich stand da
und schaute mich um,
bestellte ein Bier
und wartete

und dachte,
es ist schwer,
die Sinnlosigkeit ist ein unsichtbarer Gegner,
wie das Kinn treffen,
wo es keinen Kopf
gibt?

Ich dachte,
in seiner Einsamkeit ist jeder der Hauptdarsteller.
Nur im Film gibt es Nebenrollen,
und der läuft nebenan.

Und weil hier keine Mädchen herumstanden,
nahm ich an, sie sitzen nebenan im Kino
und lachen über Woody Allen.

Hier standen die Jungs rum,
standen da, schauten sich um, tranken Bier
und warteten.

Neben mir stand einer, der aussah,
als sei er schon mal neben John Wayne vom Pferd gefallen.
Er stand da, als habe er schon gelebt.

Sie sahen gelangweilt aus
und großartig und
gelangweilt.

Sie sahen aus wie Männer,
als das Leben noch Männersache war.
Sie waren müde,
man sah, daß sie müde waren,
müde vom Warten.

Ich trank aus,
zahlte und ging,

nicht wahr, Woody? –

ich ging raus,
breitbeinig wie nach einem
Schußwechsel.

Zwei Liebende

In Verona gab's keine Lichtschalter,
tut mir leid,

Romeo trieb sich mit Hamlet rum,
Deine Schenkel spielten dabei
keine Rolle.

Dein Lächeln, Jahrhunderte später,
dieses Lächeln zum Abschied,
ich weiß, es gilt
allen Männern.

Es will nicht mehr lügen,
es ist für immer.

Dein Fuß verläßt mich.
Es tut schon jetzt am schönsten weh
in der Erinnerung.

Ich liebe Dich noch einmal
beim Zuschauen, wie Du
fortgehst,

blutend unverwundbar und
wunderbar altmodisch,

ganze Epochen menschlichen Leids
durchwandernd

auf dem Weg zur nächsten
Telefonzelle.

Laßt das Ende kommen, es wird sich nichts ändern

Nach uns die Sintflut,
von Menschen prophezeit,
von Menschen vorbereitet,
von Menschen durchgeführt.
Ihre Bomben werden fallen
und ausrotten, was einst
den Siegern zustand.
Sie werden tatenlos zusehen,
wie automatisch alles geht,
und keiner wird überleben.
Ihre Bunker werden bombensicher
auf Grund sinken. Nur der Abfall
wird, wenn das Wasser kommt,
wieder ganz oben schwimmen.

In einem kommunistischen Land

Im Hotelkorridor
sitzen Männer beim Schachspiel.
Sie spielen acht Stunden.
Dann werden sie abgelöst.
Es kommen andere Schachspieler.

Ich war aus dem Westen gekommen
nach Bukarest und las, was ich vorlesen wollte,
den Studenten der Universitäten vor.
Es gefiel ihnen,
aber sie schweigen
und zeigten keine Freude.
Sie sind schüchtern, sagte ihr Professor.
Sie sind klug, dachte ich; würden sie sich freuen,
es könnte sie verraten.
Einer wollte wissen, wer mich eingeladen hat.
Einer wußte nicht, was genau ein Selbstmord ist.
Einer Frau gefiel, daß ich noch jung war.
Im Hof exerzierten junge uniformierte Mädchen.
Ich hörte den Klang ihrer Stiefel
und erinnerte mich, wonach sich hier
ein paar die Finger schlecken,
mal einen richtigen Porno,
Joyce zum Beispiel
oder Freuds Traumanalysen.

Es gibt zuviele Wörter, die verboten sind.
Mit ihnen schweigen sie. Es sind Luxusgegenstände,
Feinde, Verschworene, Verschwörer und Tanzmeister
in ruhlosen Köpfen.

Der Mann,
der mich begleitete,
muß einen Bericht schreiben.
Über mich?
Nein, über die,
die ich traf.

Ich saß mit Studenten zusammen.
Sie aßen Eis. Das Eis zerging ihnen auf der Zunge.
Sie tranken Kaffee. Er machte sie tagelang wach.
Die Zigaretten rauchten sie wie Geschenke.
Von Büchern sprachen sie mit Ehrfurcht.
Sie sprachen von der Geschichte und deshalb
von kommenden Zeiten und ihrer
Nützlichkeit.
›Die Große Ordnung wird eines Tages hinweggespült sein
und ersetzt durch die Unordnung unserer Herzen.‹
So dachten sie, als wir
zusammensaßen.

»Haben Sie noch andere Sachen?« fragte einer von ihnen.
Ich verstand nicht. »Andere Sachen zum Vorlesen« wiederholte
er und schaute mich an; und da ich noch immer nicht verstand,
sagte er: »Andere Sachen als die offiziellen?«
Das eine und das andere.
Das Private und das Offizielle.
Naturgedicht, ein Albtraum.
Ein Eisberg, zu zwei Drittel sichtbar.
Ich verstand jetzt, sagte »Ach so!« und sagte dann: »Es gibt
keine anderen Sachen, ich habe gelesen, was ich wollte.«
Er schaute mich an und sagte traurig »Ach so.«
In unseren Blicken begegneten sich zwei Welten, zwei Flugstunden
voneinander entfernt.

Auf allen Plakaten steht,
daß der Fortschritt weitergeht.
OHNE VERTRAUEN, steht da, LÄSST SICH
KEINE NEUE ZUKUNFT BAUEN.
Im Vertrauen, daß nichts ewig dauert,
hoffen sie.
Im Vertrauen auf den Fortschritt
mißtrauen sie allen Plakaten.

Die Menschen arbeiten.
Man sagt ihnen auch, wozu.
Aber sie schließen die Ohren
und arbeiten.

Sie können nicht reisen.
Sie können nicht heimkehren.
Durch Menschen läßt sich beweisen
das Vorhandensein einiger schlechter
menschlicher Eigenschaften.

Toter Mann im Westen

Ein x-beliebiger Tag,
ein Hotel im Westen,
unser Mann gibt die Abschlüsse durch,
bestellt einen Bourbon, geht zum Fenster
und schaut hinaus. Und da alles
aussieht wie immer, glaubt er
an seine Chance.

Er will nach oben,
ohne Zeitverschwendung,
ohne Gefühl.

Er haßt seine Frau,
liebt die Kinder und pisst,
während er auf den Bourbon wartet,
ins Waschbecken.

Für Geld tut er alles,
sogar umsonst.

Er lebt lustlos,
in der Hoffnung, daß den andern
auch dabei der Spaß vergeht.

Er ist ein Profi. Er hat öfter getötet
als ein Mörder. Aber diesen Tag wird er
nicht überleben.

Er faßt sich ans Herz, fühlt die Brieftasche
und den Terminkalender
und stirbt.

Es geht schnell.

»Laß dir Zeit« ist das letzte,
was er denkt.

Den Bourbon kippt der Kellner,
als er ihn liegen sieht.

Ein Dichter in Amerika

Ich sitze
mit nacktem Oberkörper
einem Wolkenkratzer
gegenüber.

Der Wolkenkratzer sieht aus
wie ein Adventskalender
aus dem Jenseits.

Das dreizehnte Hotel
in vierzehn Tagen.

In San Francisco hing ein Schild im Bad,
darauf stand WASSER SPAREN
und darunter SEIT ACHT WOCHEN KEIN REGEN
und wenn man geschissen hatte,
was man schon mit schlechtem Gewissen tat,
und abzog, war der Druck gleich Null
und die Scheiße drehte sich immer nur im Kreis
und wenn man draufschaute,
sah es ekelhaft aus.

»Warum schreiben Sie solche Sachen?«
will jemand wissen.

Ich schließe die Augen,
denke an die Scheiße,
die mich auslacht
und lese das nächste Gedicht.

»In Ihren Gedichten« faucht eine Frau,
»sind Frauen nur Sexualobjekte!«

Ich bin höflich.
»Finden Sie?«

»Ja, finde ich« faucht sie.

»Nicht alle« sage ich, »nicht alle Frauen,
nur die besten!«

»Typisch« faucht sie.

Sie merkt, ich bin ein hoffnungsloser Fall.
Stattdessen interessiert mich eine andere Frau,
die auch zuhört. Sie schaut mich an
und ich schaue sie an und es ist, als hätten wir
beide zuviel getrunken.

»Und Sie« faucht die andere, »wollen ein Dichter sein?!«

Aber ich lasse mich nicht mehr ablenken,
schiebe meine Hand in die Hosentasche
und bin sicher, sie spürt das.

Baudelaire in Manhattan

Ich mag solche Frauen,
die keiner mehr haben will,
die alt sind und verheiratet
und nie besonders glücklich waren
und nie eine unverzeihliche Sünde begangen haben,

einsame Frauen mit gesellschaftlichen Verpflichtungen,
romantische Frauen mit erwachsenen Kindern
und lackierten Fingernägeln,

Frauen, die von einem Whisky betrunken sind
wie kleine Kinder, die noch nicht wissen
wie man atmet beim Küssen;

ich mag das,
Unterwäsche
und Mozart im Radio
und Schritte im Flur

und die Art wie sie ›Du Schwein‹ sagen
oder ›Oh Gott‹.

Ich mag das,
Frauen ohne Männer,
Ehefrauen,
treue Frauen ohne Glück,
häßliche Frauen im Nachtfeuer ihrer Wünsche,
die so etwas, ohnmächtig vor Scham,
nur einmal tun in ihrem Leben
und mich deshalb für einen Dichter
der Weltliteratur halten.

Und daß sie auf dem Fußboden liegen,
dafür gibt es nachträglich sicher auch
eine altmodische Erklärung.

Ich mag das,
sie wollen sterben und ich
will leben.

Death Valley

Die Straße ging immer gerade aus.
Ich summte immer die gleiche Melodie.
Ich fühlte den Dreck von hundert Zigaretten
auf der Zunge. Ich fuhr einen alten Chevy.
Der Wind pfiff durch alte Zahnlücken.
Links und rechts Wüste,
das Ende der Menschheit,
eine Schöpfungsgeschichte ohne Gott,
Steine, kleine Hasen und das Schild
LAS VEGAS 78 MEILEN.
Ich freute mich schon
auf's Verlieren.

Hemingway-Museum, Key West

Aus dem Haus war ein Museum geworden,
aus dem Swimmingpool auch,
aus den Katzen auch.
Eine alte Dame machte Führungen
und erzählte von Hemingway.
»Er hat viermal geheiratet!«
So sprechen Mütter. Und damit waren
auch die Meisterwerke beurteilt.

Tennessee Williams

Es war heiß
und das Haus sah unbewohnt aus,
ein einfaches Holzhaus in der Duncan Street
in Key West, Florida.
Innen lief die Übertragung eines Baseballspiels.
Ich klopfte
und mein Herz klopfte,
was ich nie zugeben würde,
und die Tür öffnete sich einen Spalt
und ein junger Mann bedauerte,
Mr. Williams sei in London.
Ich war froh und ging weg
und vergaß die Frage:
was werde ich sagen, wenn wir uns
plötzlich gegenüberstehen,
ein alter Homosexueller
und ich, den nur seine Schreibmaschine
interessiert?

Boca di Tomatlan, Mex.

Den Sonnenaufgang soll einer beschreiben,
der nüchtern ist und das nie gesehen hat.
Ich stand an der Bushaltestelle,
küßte die Fürze der Männer,
sah alte Frauen lachen
und der Bus kam nicht.

Eine gottverlassene Gegend
und die Menschen beten.
Das Meer, ein paar Hütten, Radiomusik,
fickende Hunde. Alles weit weg,
auch das Mädchen, das
vorbeigeht.

Und ich stand da und dachte dummes Zeug
wie ›Das ist alles in amerikanischer Hand‹
oder ›Sind wirklich alle Mexikanerinnen
geschlechtskrank?‹ Dummes Zeug angesichts
dieses alten Mannes, der die Straße entlangkam,
mit der Machete, barfuß, den löchrigen Strohhut auf,
mit einem Gesicht, das man nicht sah
und das lächelte.

Frauen kamen vom Meer, um in der Stadt
Fische zu kaufen. Die großen schweren Trucks
rollten Richtung Los Angeles.
Und ich wartete und dachte,
hier hat uns das Elend eine Ewigkeit hinterlassen,
und stand da
und sah die Sonne aufgehn
dieser Welt.

Fremdwörter

Es ist Sommer
und Gott ist rund
und der Eisschrank summt
und die Vergewaltigungen, die nicht stattfinden,
werden immer wunderbarer.

Ich könnte doch oder dich auspeitschen,
damit mein Einsamsein von Zeit zu Zeit
ein wenig Sinn bekommt,
aber ich tu's nicht,
sondern schwitze,
schmier kaltes Wasser aufs Brot
und denke gleichzeitig an alles und nichts
wie gestern auch, als es Tag wurde
nach einer Nacht ohne Ende
und die Sonne wieder aufstieg
und auch der Briefträger zurückkehrte
und die Flugzeuge hoch oben
wie schnelle Rasierklingen die Welt zerschnitten
über meinem Kopf, der im Sommer
alle Fremdwörter vergißt.

Ich stelle mir vor,
wie ich einer häßlichen Frau gerade beibringe,
wie schön sie ist.
Sie sitzt auf einer Palme
und pißt in die Wolken,
die sich nächstes Jahr dann
in tropischen Gewittern entladen;
sie werden mich reinwaschen.
»Was machst Du in München?«
»Ach, weißt Du ...« antworte ich.

»Du gehörst nach New York!«
»Na ja, New York« sage ich, »Paris, London, Los Angeles …«
»Die Welt ist groß!«
Sie hat recht,
die Welt ist groß
und Palmen gibt es hier nicht,
auch nicht auf teuren
Landkarten.

Die Kunst des Kollegen

Unser Dichter – was ist los mit ihm?
Findet er keine Duse mehr im Telefonbuch?
Sinkt keine Schönheit schockiert auf die Knie?
Gibt es noch welche, die so tief leiden an ihrer Bedeutungslosigkeit,
daß sie Gedichte lesen?
Ist er am Ende?
Soll er verrückt werden, wenn er in Hochform ist?
Er kennt die Weisheit des Ostens, er hat in New York
im Taxi gesessen, wie erklärt sich diese Langeweile?
In seiner Schlaflosigkeit entladen sich Vulkane.
So lebt er unter uns und wäre am liebsten schon tot.
Die Gegenwart ist sein Niemandsland, die Metapher
sein Gnadenbrot. Visionen enden in der Grammatik.
Seine Faust zerschlägt Mückenschwärme.
Er haßt Bestseller wie Blondinen, die ihm seine Glatze
übelnehmen könnten. Er weiß, er ist nur dann perfekt,
wenn es um nichts geht.
Die Zukunftsaussichten sind übel. Das Laster
der Einbildung macht ihn krummbeinig. Wenn er
das Wort DICHTER hört, wird er böse, als habe jemand
seine Männlichkeit angezweifelt.
Er schreibt, aber kein Wort soll ihn verraten.
Er leistet Unterschriften. Er meint alles ernst,
auch sein Lachen.
Aber wenn er im Frühling in seinem Zimmer sitzt
und den Stuhl etwas näher ans Fenster rückt,
dann weiß er, daß auch er nur ein Arschloch ist,
unglücklich, voller Scheiße, ein kalter Furz,
eifersüchtig auf ungeschriebene Sätze.
Er besingt keine Revolutionen.

Autounfälle, Ungerechtigkeiten, Schicksale –
was geben sie her?
Warum denn Gedichte gegen Sauerstoffmangel,
wenn man sie doch nur zustandekriegt, indem man
zwanzig Zigaretten pafft?
Nietzsche küßte den Pferdehuf. Hölderlin saß weggeträumt
im Turm. Rilke reiste und litt, vom Leben abgeschirmt
durch Sehnsüchte, die sich nie erfüllten.
Dann kamen die Praktischen. Brecht. Benn.
Dann die Werbung. Schlager. Der Rest an Poesie
schrie sich heiser in immer kürzer werdenden Gedichten.
Plombierte Echokammern. Das ausbruchsichere Paradies.
Da kam er nicht mit. Er weiß wie es sich anhört, wenn
Taubstumme reden. Das ist es. Das ist es.
Die Intellektuellen träumten über Megaphone gebeugt,
als seien sie endlich aufgewacht. Zuhause lagen Vierzeiler
und Schlagstock beieinander.
Killerlaune. Romantiker. Haß und Liebe.
Was wollte er? Was blieb ihm? Den Zeiten angepaßt
das Zeitlose tun?
Liebe ist ein Wort und jeder Buchstabe wird einzeln
verhökert. Kaputte Seelen melden sich brillant zu Wort.
Was tun in einer Welt, in der es lächerlich geworden ist,
nicht zu töten?
Er lebt bescheiden, als sei er was Besonderes.
Was er schreibt, versteckt er in Büchern. Soll er
den Regenbogen rot anstreichen? Soll er öffentlich weinen?
Es geht ihm schlecht, aber das hält er für eine
Grundvoraussetzung, ohne die er hilflos wäre.
Es wäre schlecht um ihn bestellt, gäbe es nicht
dieses schöne, alte, altmodische Wort DICHTER.
Es ist wie ein Atmen, wie eine unendliche Wiederholung
unter wechselnden Bedingungen –

bis ihm ein Verrückter den Hals umdreht, ohne daß eine letzte Zeile sein Ende verklärt.
Tagsüber ist ihm nichts anzusehen. Er wirkt eher armselig. Nur manchmal, zum Beispiel auf Friedhöfen, lebt er auf.

Was machen Sie den ganzen Tag?

Der Tag verlief
wie immer in deutschen Gedichten:

Telefongespräch mit dem Steuerberater,
eine Mahnung vom Amtsgericht,
Schlagzeilen über Idi Amin,
Wochenendkurse über Hamlet,
das Boxgeschäft pleite oder ruiniert oder beides,
tat Hölderlin der Arsch weh,
was dachte Einstein an Regentagen,
spielte er Geige?

Der Tag verlief den Gesetzen der Schwerkraft
entsprechend, alles fiel ein wenig tiefer,
ich weiß nicht,
ich auch.

Das Nötige tun,
das Unnötige auch,
auch das Nutzlose.

Jeder hat seine Geschichten.
Das Leben ist ein Job. Jeder pokert
sein Spiel herunter.

Als ich vierzehn war, fühlte ich mich wie
ein Knutschfleck auf der Stirn eines Philosophen.
Das ist lange her. Ich vergaß die Ewigkeit
meiner Schwüre. Ich wollte mein Herz ausscheißen
im Zentralmassiv meiner Träume. Da lag ich,
von Kopf bis zum kleinen Zeh,
eine lange Strecke,

und hörte das Flüstern der Irrenärzte
und das Atmen der Propheten
und das Nahen der Nacht.

Mein Körper ist das falsche Versteck.

Immer ist etwas tot von dem,
was wir lieben.

Es gibt etwas

Es gibt etwas,
woran wir glauben,
auf Jahrmärkten,
im Stroh einer Puppe,

ob wahr oder falsch,
es ist gleichgültig,

man weiß nichts,

die Wand gegenüber ist die gleiche
wie letztes Jahr, der gleiche Fleck
an der gleichen Stelle,

und dann, ein ganzes Leben später,
das gleiche Lächeln auf allen Fotografien

und die Männer, sagt sie,
Männer in Unterhosen,
und das Glück und Teddybären
und Plastikrosen,

alles dreht sich im Kreis,
alles ist Diebstahl,

das Vergnügen macht keinen Spaß mehr,
der Fortschritt erkämpft sich neue Niederlagen,
eine endgültiger als die nächste,

und siegessicher kommen und gehen
die Pleiten, Jahreszeiten
und Ewigkeiten

und der Wunsch verrückt zu werden
nimmt Formen an, die auch unter Röntgenschirmen
unsichtbar bleiben

und die Männer kommen und gehen
und fassen dich an,
immer nur da und DA,
und was sie tun ist nicht neu,
und was sie wollen, nicht genug,

es ist gleichgültig,

was du hast,
hast du verloren,
was du bist,
bist du allein,

was du träumst,
beginnt wie Liebe,
was du liebst,
hört auf zu sein.

Todesspirale

Wir sind noch am Leben,
geträumt, verfilmt, vergessen,
wir – die eine Hälfte des Planeten –
die Füße auf dem Tisch
und die Frage im Kopf:
wozu?
Und die Liebesgeschichten, das Leben, der Tod?
Geträumt, verfilmt, vergessen.
Die Weltkriege der Computer,
die Hinrichtungsstätten der Fließbänder,
die Betäubungsindustrie, die jeden von uns
– auch den härtesten Knochen – immer wieder zurückfallen läßt
ins Koma des Durchschnittsmenschen –
der Mond kahl wie die Glatze der Beatles,
zehn Jahre dauerte unsere Zukunft, die jeder nun
allein zu Ende leben wird,
all seine Sinne nur darauf gerichtet:
auf einen sinnlos großartigen Überlebenswillen
wie Goldgräber, deren Gesichter sich spiegeln
über einem ausgewaschenen Flußbett,
die kleine dreckige Kneipe,
kleine dreckige Geschäfte,
kleine dreckige Gedanken –
den Hoffenden bleibt wenig Hoffnung
und den Ängstlichen nur das Panorama
der Psychoanalyse –
die Kinder imitieren tötend das echte Leben,
die Frauen schminken sich für ihren Auftritt in der Todesspirale,
die Männer der Technokratie stellen aus Rohöl
Liebesfilme her.
Warum muß denn immer alles so sein wie im Leben auch?

Deshalb verpassen sie uns etwas, einen Hauch
von Glück, Hoffnung, Schönheit –
neue Flüsse, neues Gold,
Profit –
und wenn es nur eine letzte Hand voll Scheiße wäre,
die sie uns hinhalten, irgendein Gott würde diese Geste
monopolisieren –
dieses biblische Langstreckenrennen hat es in sich,
auch wenn da ein Baum wächst und durch Sonneneinstrahlung
ein Schatten entsteht und du glauben magst,
so sei es recht,
über menschenleere Städte wehen die Elegien der Perfektion,
noch eine Gabel Kaviar für dich
und Mehlsuppe für dich,
noch ein symbolischer Blick auf die Schuhspitzen,
kleine dreckige Gedanken,
kleine dreckige Geschäfte
und dann die endgültige
innere Vereisung.
Niemand kann sich mehr täuschen,
auch wenn er träumend einen Frühling lang im Schatten liegt,
auch er bleibt vom Hauptquartier abhängig wie ein Astronaut,
seine Daten eingespeist in Maschinen-Gehirne,
das Leben, ein pausenloses Sondertraining,
dessen Triumph darin besteht, auch die ungeheuerlichsten Strapazen
der Monotonie zu ertragen –
es wird keine Ernüchterung geben,
wir werden alle in unsere Kostümen explodieren,
ein nicht mehr kritisierbarer Skandal,
aber nicht mehr in der Kunst,
sondern im Sterben, im Tod,
dieser unbekannten Schwester Tod,
der einzigen Geliebten.

Melancholie

a
Die Leute wußten schon damals
nicht weiter. Die ersten Abschiedsbriefe
wurden in Latein verfaßt, von schwulen
Philosophen.

Es gab immer schon Abschiede
und Fachausdrücke und Trauer über
jeden toten Sommer.

b
»Wasch deine Socken!«
Das waren die fünfziger Jahre.
Und die sechziger. Melancholie,
ein grüner Hund. Wir waren Zeuge.
Sie wollten nur schnell aufs Klo
und kamen nicht wieder.

c
Das ist kein Brotberuf,
das macht keine Fortschritte,
das ist die Welt bis hinunter
zum großen Zeh,

dieses kostbare Chaos,
dieses Omelette aus lauter Nervenenden
und Hollywoodfilmen und abgenützten alten
Kosenamen, dazu Rotwein und Zigaretten und
Schlimmeres,

das Neueste aus allen Erdteilen,
Statistiken über Brustkrebs

und dein Schwanz und deiner und deiner,
diese Unsicherheit,
sind es Rückenschmerzen oder Großmutters
russische Romane?

kommt ein Gewitter,
bitte: wer bin ich,
du oder du oder du
oder soll ich
raten?

Das ist,
was niemand interessiert,
das Wichtigste:
einmal Hurra
und dann, allein,
adieu…

Das Neugeborene

Ich weiß, daß es aufwächst.
Ich höre es von Tag zu Tag größer werden.
Was für ein Rummel, wenn es an schmerzfreien Tagen
die Augen aufschlägt und aufrecht fortgeht,
den Babykopf ausbalancierend
im Blutschlamm.

Es wird maßlos sein wie das Universum,
von dem es jede Nacht ein anderes Stück aufbewahrt,
um irgendwann sein Leben zu retten.

Schon vor Sonnenaufgang geht sein Schreien
in den Abzug. Für seine Ausdünstung
interessieren sich die Hunde.

Das Schlagen seines Herzens ist Teil
einer Organisation, die viele Verbrechen
verschuldet.

Wir haben uns alle getäuscht.
Ohne Seele, etwas für eine Kiste
ohne Aufschrift, sucht es
mich heim.

Ich warte hier,
mit nichts als einem Kirschkern im Mund,
auf Gnade.

Die letzte Vorstellung

Ein schwarzer Hengst dreht kleine Kreise,
der Schwan schwimmt in die Dämmerung zurück,
in großen Kinderaugen strahlt noch Glück,
was bleibt?

Die Raubtiere langweilen sich.
Die Wassereimer sind ein Witz.
Feuerschlucker setzen das Zelt in Brand.
Der Clown reißt sich enttäuscht die Nase ab.
Der Zauberer läßt endgültig seine Hände verschwinden.
Die Lichter verlöschen.
Bauchtänzerinnen nehmen den Nachtzug.
Der Zirkusdirektor erbricht sich.

Ein schwarzer Hengst dreht kleine Kreise,
der Schwan schwimmt in die Dämmerung zurück,
in großen Kinderaugen strahlt noch Glück,
was bleibt, Ihr wißt, ist Affenscheiße.

Über die Vollkommenheit des Unterschieds

Sie sieht einen Film
und der Film ist traurig,
sie ist glücklich dabei
und weint.

Auf dem Heimweg denkt sie,
das Leben ist auch traurig.
Sie hört auf zu weinen;
es gibt jetzt keinen Grund mehr.

Nützliche Dinge

Der Punchingball
Die Schreibmaschine
Ein Blick über Dächer
Die Arbeit des Gewitters
Sinn und Unsinn

Nimm die Dinge
Wirf sie hin

Liebe

Sie dachte damals,
die Liebe sei einmalig,
und liebte deshalb auch nur
einen einzigen.

Das änderte sich,
als die Liebe aufhörte
und die Liebe begann
zu einem anderen.

Sie traf dann viele,
liebte einige und vergaß
einige.

Von der Einmaligkeit blieb,
was sie damals dachte.

Die Russin

Alle Frauen waren Russinnen,
über Konstantinopel nach Paris gekommen,
in schwarzen Pelzen,
dreisprachig aufgewachsen,
im nervösen Alter,
ein Fressen für ältere Herren,
die sie der Reihe nach unglücklich
gemacht haben, außerhalb der Saison
in Seebädern am Atlantik
oder in Paris, in dunklen ärmlichen
Zimmern, deren Vorhänge immer
geschlossen waren aus Angst
vor der Revolution.

Der Zar war tot. Das Leben
war tot. So kamen sie an
auf den Bahnhöfen.

Gedicht

Ich liebe
und habe eine Freude
und eine Angst,
daß du Liebe
verlangst.

Wie ein Regenbogen

Das geht an die Nerven,
mein Gott, Königin Elisabeth
als Schwester, Prinz Phillip als
Schwager und alle Kaffeetanten dieser Welt,
die sich ja auch zur Familie zählen,
die Ehe am Arsch,
Probleme mit Männern,
Kampf mit den Pfunden, aussichtslos,
Alkohol, jede Menge, freier Zugang zu den
königlichen Kellereien!,
und dann, wer soll das nachempfinden,
diese Einsamkeit hinten auf dem Rücksitz
ihres Rolls Royce,
märchenhaft unglücklich,
und jede Woche neue Märchen –
und das im Atomzeitalter –
und keiner liebt sie.
Mein Gott, wer kommt schon,
von den Päpsten verflucht,
in die Wechseljahre?
Kein Wunder, daß sie krank
im Bett liegt, das kleine pillensüchtige
Ding, grün und blau wie ein
Regenbogen.

Dummes Zeug & Mona Lisa

Wunderbar stumm stehen die Menschen da.
Sie lächelt. Niemand lächelt zurück.
Sie kostet in etwa das Gleiche wie eine große Fabrik.
Man weiß nicht einmal, ob sie lächelt.
Sie steht unter Strom.
Was passiert, wenn sie eines Tages
aufhört zu lächeln?
Löst das die Alarmanlage aus?
Wird der Direktor gefeuert?
Lachen alle?

Hände weg, du Arschloch!

Sie hat die schönsten Dinger
und wenn ich draufschaue, weiß ich,
was los ist. Ihre Gefühlsskala reicht
von nichts bis zum dicksten Skipullover.
Ich habe ihr das nie gesagt,
sie würde ihn sofort anziehn
und das bedeutet immer
›Hände weg, du Arschloch!‹

In einem kleinen Zimmer in Paris

In einem kleinen Zimmer in Paris,
wo ich den Kopf vor Sehnsucht gegen alle Wände stieß
und deinen Namen leise in die Spiegel schrie,
doch keiner kam und niemand nahm mich in den Arm
wie du, der mich verließ.
Und als du gingst, hast du gesagt:
»Du machst das schon, mein Kleines, irgendwie!«
Oh ja, mein Mann! Ich mach das schon.
Ich weine ohne Tränen jede Nacht,
ich liebe dich, auch wenn es einsam macht,
ich sterbe so dahin
und frag nicht mehr nach einem Sinn
in diesem kleinen Zimmer hier,
wo Gaukler wohnen, Trinker, Diebe,
es war umsonst, denn es war Liebe.

Die Liebe mit dem Leben büßen
Warten, bis das Leben dich vergißt
Jede Nacht, sie bleibt in mir
Auch wenn es Tag geworden ist.

Dann war es still.
Dann gingen viele Jahre hin
und ich blieb hier,
in diesem kleinen Zimmer in Paris
und trank mit Trinkern auf ihr Glück
und sang mit Gauklern Liebeslieder
und morgens kamen auch die Diebe wieder,
nur du kamst nie zurück.

Chanson

Sie liebt ihn, ihren Mann,
und würd ihn nie betrügen,
es sei denn – dann und wann –
mit jenem andern Mann,
der nur in Träumen kommt,
nur zum Vergnügen.

Sie denkt an ihn,
es macht nicht alt;
es gibt auch nachher keinen Streit.
Er demonstriert
– wie alles, was nicht existiert –
die Liebe in Vollkommenheit.
Er kommt und geht und wird nie müde,
er ist genau, wie sie ihn haben will,
denn in Gedanken ist sie garnicht prüde
und wenn sie redet, ist er still.
Er streichelt ohne Hände ihre Haut
und küßt ihr ohne Mund den Körper warm,
wenn sie ihm in Gedanken in die Augen schaut.
Sie weiß, es fällt nicht weiter auf,
sie braucht auch nachher nicht zu lügen.
Sie liebt ihn, ihren Mann,
und würd ihn nie betrügen.

Es ist nur manchmal, denkt sie, schade,
daß er vollkommen ist und keinen Fehler hat,
der ihn – für eine Nacht einmal –
lebendig macht.

WAS AM TIEFSTEN FÄLLT, FÄLLT AUF GRUND.
Könige fallen vom Thron, dem Hofnarr zu Füßen.
Kein Witz wird uns erretten und keine Wahrheit jemals
Wirklichkeit werden.

Laßt uns zurückkehren zu den Träumen,
die uns nicht schlafen lassen, ins magnetische Feld
der Finsternis,
wo die Geschlagenen ausharren
und die Hoffnungslosen ihre Erlösung aushandeln
und kein Himmel uns stört.

Alle Städte sind nichts heute Nacht
und jeder Mord wieder umsonst.
Wer will schon die Wahrheit wissen?
Ich bin müde und falle fünfhundert Meter tief
ins Bett.

Die Technik wird es schon schaffen,
aus etwas Schlamm etwas noch Schlimmeres
zu machen als einen neuen Menschen.

DEIN HERZ IST EIN KIND,
das länger gelebt hat
als Du,

es schleift mich durch dunklere Räume,
wo den Gehorsamen Gewalt angetan wird
und die Liebe wie ein Flüstern
durch alle Gefängnisse geht,

heilig und unrein wie Diebesgut,
das jeder berührt hat,

immer ein wenig großartig an Wünsche verschenkt,
die nicht helfen;

Du verstehst alles, auch die einfachsten
Komplikationen. Deine Hände arbeiten wie die
Nasen von scharfen Hunden, rasend gemacht
mit etwas rohem Fleisch.

Da ist es,
ein nicht mehr ganz rotes Herz,
leer wie ein leeres Versteck. Hier
war unser Treffpunkt!

SO MÖCHT ICH WERDEN:
unwichtig wie die Südsee,
genügsam wie die Pinguine im Packeis,
gleichgültig wie einer,
der auf Sieg setzt.

Letzte Gedichte

Valerio: So wollen wir Genies werden.
Leonce: Die Nachtigall der Poesie schlägt den ganzen Tag über unserem Haupt, aber das Feinste geht zum Teufel, bis wir ihr die Federn ausreißen und in die Tinte oder die Farbe tauchen.
Valerio: So wollen wir nützliche Mitglieder der menschlichen Gesellschaft werden.
Leonce: Lieber möchte ich meine Demission als Mensch geben.
Valerio: So wollen wir zum Teufel gehen.

Georg Büchner – *Leonce und Lena, I. Akt, 3. Szene*

Der Job

Erzähl den Verlierern
Vom Ende der Sieger.

Der Seiltänzer

Fallen ist fürchterlich,
fürchterlicher aber der Zweifel.
Ein Publikum gäbe es nicht,
verlöre nicht manchmal einer sein Gleichgewicht
und stürzte in den Tod.
Nur ein Sturz macht der Menschenmenge klar,
daß kein Trick dabei war.
Doch dann liegt eine Leiche auf dem Asphalt –
und deren Wahrheitsgehalt überzeugt sie.
Sie weichen staunend zurück
und nehmen ihn mit in den Schlaf,
bevor ihn ein Wind in die Seite traf.

Der neue Paragraph
(Über die Verherrlichung von Drogen)

»The road of Excess leads to the Palace of Wisdom«
Blake

»Oh Nacht, ich nahm schon Kokain« –
die Zeile gab's schon, als ich anfing zu koksen.

Burroughs saß auf der Nadel.
Ginsberg paffte Pilze.
Huxley war voll –
das nur zu den Genies,
nicht zu vergessen: Baudelaire,
der nachts durch Opiumhöllen ging, als ob es ein Gehen wär
ins Paradies. Er konnte kaum Schritt halten
mit seiner Schildkröte.

Dieses Gedicht, hohes Gericht,
verherrlicht die Droge.

Alles muß verschwinden,
alles neu erfinden,
ihr Kinderlein, kifft!

Friede der Faulheit, Friede den Kriegen!
Warum nicht sterben, ohne zu siegen?
Warum darf Phantasie nur in der Kunst regieren?
Warum nur Suff und Tabletten?
Woher die Unzufriedenheit, die Einsamkeit in Ehebetten?
Warum Menschen zu einem Leben verführen, das keines ist?
Dressur, bis auch das Raubtier aus den Händen frißt?
Ist das der Höhepunkt?

Ich kenne andere, die innen beginnen
und dann verrauschen, wobei wir endlich die Rollen tauschen.
Die Stärksten weinen. Die Schwächsten trösten.
Welch eine Welt!

Wo gibt's das Gift zu kaufen?
Wände wandern. Dinge schauen. Du willst dich verlaufen.
Du hast den Himmel im Bauch
und die Polizei am Bein.

Sie suchen Chuck, der alles probierte.
Sie suchen den Toten, der gestern krepierte,
die Dealer, die Pusher, das Gift
und den, der Drogen verherrlicht, in Wort und Schrift.
Die Demokratie geht Phantasie verhaften.

Der neue Paragraph muß weg.
Alles muß verschwinden.
Alles neu erfinden.

Hotel »Zum Deutschunterricht«

Dieses Hotel gehört dem Staat.
Wer hier ein Zimmer will, ist schon tot.
Wahnsinnige sind unerwünscht, Staatsfeinde auch.
Das Beste sind ruhige Dauergäste.

Hier kommen Lebende nicht rein.
Verfolgte finden kein Asyl.
In diesem Staat muß Ruhe sein,
koste es, was es will.

Gestern wurde Goethe beerdigt.
Heute ist Schiller dran; das ist Hauspolitik.
Büchner bleibt draußen. Begründung: kein Zimmer.
So geht es allen, die dem Personal nicht gefallen.

Die Fenster bleiben geschlossen.
Im Garten Gewächshäuser, wo man Gräber anpflanzt.
Ein Requiem für Radikale, gesungen.
Revolutionen werden getanzt.

Alle Zimmer sind mit schalldichtem Elfenbein ausgestattet.
Fenster – mit Blick nach innen.
Hier bleibt selbst der Alkohol,
den du saufen kannst, wirkungslos.

In der Lobby schaukelt es wie auf einem Schiff,
mal diese, mal jene Woge. Wenn man auf einem Riff
gestrandet ist, hilft nur noch die Droge.
Mondschein auf Weimar, Krieg auf dem Mond.

Darüber ein leeres Zimmer, unbewohnt.
Kafka's Labyrinth. Kahle Wände.
Wachzustände, die nicht zu stoppen sind.
Selbst an der Bar bleibt Kafka unsichtbar.

Dagegen sieht man Bertolt Brecht
auch dann, wenn er verreist ist. Er bewohnt auf Staatskosten
im Osten eine ganze Suite und schreibt,
für den Fall eines Feuers, seine Gesänge auf Notausgänge.

Die Romantiker pokern ums Gefühl,
die Realisten ums letzte Hemd.
Jagt das ganze Hotel in die Luft!
Den Menschen gebt Flügel, auf die Erde zu kommen.

Was läßt sich lernen, wenn das Beil fällt
vom Körper den Kopf zu entfernen?
Was soll man sagen vor Gericht, wenn das Gesetz sagt:
Schweigen ist Pflicht?

Wohnt hier Diotima?
Wer ist noch nicht von Gottfried Benn verarztet?
Hölderlin deutet über die Himmel
in Abgründe.

Am Kiosk

Jeden Donnerstag
ein neuer Vergeltungsschlag:
das Mädchen von hinten
zum Nachempfinden.
Ich betrachte das Hinterteil,
schließe die Augen
und blicke in die Zukunft.
Ich nehme an, der nächste Arsch
hat keine Falte,
der ist nur rund
und nicht zum Sitzen da,
auch nicht zum Scheißen.
Das ist nicht einer wie ich einen habe,
das läßt sich beweisen.
Meiner hat noch dieses altmodische Loch
in der Mitte. Also bitte,
was willst du denn damit?

Blaue Blume

Alles sieht aus,
als sei es beim alten:
das Gras ist grün,
der Wald dicht in Licht und Schatten verhüllt.
Die Berge werden feierlich von Männerchören angebrüllt
und auch das Alpenglühn sieht man erkalten.

Da ist noch Erde für Gräber
und der Spaten sticht leicht.
Legt die Toten tiefer, wo sie
kein Gott erreicht.

Ich könnte schreien!
Aber wer hörte mich, wenn ich riefe?
Wo sich der Mond im Wasser spiegelt,
sinkt – was ich suche – in die Tiefe.

Ich sinke auf die Knie
und sehe, wie es tagt im Dunstkreis
der Verseuchung, im Stahlnetz elektrischer Drähte.
Ich werde heimgesucht und abgenagt von Ameisen,
deren Nützlichkeit bewiesen ist.

Endlich, im brechenden Auge,
leuchtet sie auf: die Harmonie.
Ich habe die Blaue Blume gesehn:
sie riecht jetzt nach Zitronencrème.
Da kommt kein Gott mehr mit. Das ist klar.
Jetzt werden ganz andere Wunder wahr.
Käfer bekiffen sich in meinem Kopf.
Mein Haar dient Spinnen als Versteck.
Spaziergänger deuten auf mich,
ein Hund riecht an mir und hebt das Bein …

das wird wohl, denke ich,
das Ende sein.

Dann trifft mich eine Ladung Kies.
Ich werde eingeteert, platt gewalzt und glatt gefahren.
Ich lasse mich von neuen Geschwindigkeiten
wieder aufpolieren, widerstandsfähig
wie niemals zuvor.

Das Bächlein? Und die Vögelein?
Jetzt fließt der Verkehr
und die Fetzen fliegen.

Angestellten-Bolero

Wie alle Angestellten
in den Hochhauswelten der großen Städte
will unser Mann beweisen, er hält die Wette:
nicht ist leichter als jeder Tag
seine acht Stunden Arbeit runterzureißen,
total sozial-versichert,
vom Funktionieren verplant bis ans Lebensende.
Doch dann fühlt unser Mann den Mord,
zu dem er fähig wäre. Ihm zittern die Hände,
er faßt sich ans Herz und greift ins Leere:
wo sitzt die Seele?
wo liegt der Sinn?

Die Möglichkeit, ein Mensch zu sein,
ist unter Menschen gering.

Da sitzt er,
angestellt auf seinem Stuhl,
plant Attentate gegen kahle Wände
und träumt, er habe die Macht:
jeden zu töten, der heute noch lacht.
Er will ja nur wissen, was keiner weiß
und fremde Frauen küssen als Beweis:
wo sitzt die Seele?
wo liegt der Sinn?

Die Möglichkeit, ein Mensch zu sein,
ist unter Menschen gering.

Einen Furz möchte er lassen, der alles regelt.
Ein Machtwort – und zwölf Welten explodieren.
Busse fahren gen Himmel, Kruzifixe oxydieren.
Nicht immer nur Schriftverkehr und Unterlagen
und nach dem dritten Bier behaupten:

so ist das Leben, wenn alle fragen:
wo sitzt die Seele?
wo liegt der Sinn?

Die Möglichkeit, ein Mensch zu sein,
ist unter Menschen gering.

Worauf wartet er noch?
Das Weite suchen und sich in einem Loch
verkriechen, die ganze Welt ermorden
und mit immer den gleichen Worten
in den Dreck weinen.
Warum gibt es keinen, der ihm sagt:
wo sitzt die Seele?
wo liegt der Sinn?

Die Möglichkeit, ein Mensch zu sein,
ist unter Menschen gering.

Dann kommt er nachhause,
bellt seine Frau an,
redet ein paar Sätze mit dem Hund,
geht schlafen und schläft schon,
wenn er träumt:
wo sitzt die Seele?
wo liegt der Sinn?

Die Möglichkeit, ein Mensch zu sein,
ist unter Menschen gering.

Er ist, was jeder Philosoph vergaß.
Die Blumen welken und drüber wächst Gras –
und drüber ein Himmel, der nichts erklärt:
wo sitzt die Seele?
wo liegt der Sinn?

Die Möglichkeit, ein Mensch zu sein,
ist unter Menschen gering.

Angenehm diese Wohnung

Einer schreit Hilfe,
doch niemand hört.
Ich sage, angenehm diese Wohnung,
wo einer schreien kann
und nicht stört.

Odyssee auf dem Trockenen

Ich kenne jeden Schwur aus besseren Zeiten,
aber die besseren Zeiten sind kurz und ein Liebespaar
ist nicht in jeder Hinsicht ein Fortschritt.

Wir führten das lustige Leben von Pessimisten.
Du hast auf Büstenhalter verzichtet,
individuelles Glück als Illusion angeprangert
und Freundinnen eingeladen zum Onanieren.

Ich ging mit Dostojewskij
ins Bett und hörte zu, wie ihr ganz sachlich
über die Vorzüge feuriger Liebhaber spracht.
Ich wußte: die Neuzeit hatte begonnen.

Ohnmächtig schöne Tangos,
das Weltall der Wasserpfeifen,
betende Mönche und Wale, die sich lieben.
Wir liebten selbst wie Tiere.

Dann wurden Liebespaare unmodern.
Wir hörten auch ein wenig auf,
uns sehr zu lieben.

Wir lebten in ständiger Versöhnung,
stritten beim Reden nur noch über den Tonfall,
waren plötzlich zu wunderbaren Haßausbrüchen fähig
und fielen einander, um Stunden gealtert,
wieder in die Arme.

Jeder, der auf sich hielt,
hatte alles schon hinter sich.
Was sollte noch zum ersten Mal passieren?
Selbst die Angst vor dem Tod machte Spaß.
Aus Tante-Emma-Läden wurden Meditationszentren.
Du hast sofort reagiert.

Die Revolution war zum Lachen,
die Resignation auch.
Du warst zu keinem Haßausbruch mehr fähig
und wolltest nur noch mit den Fingerspitzen ficken.

Du hast es mir damals erklärt:
wir sind viele, komm du auch,
werde glücklich.

Nun,
glücklich werden wollte ich auch werden –
und blieb sitzen.

Du hast mich angeschaut wie ausgestopft
und gesagt: du willst Brot backen, Gemüse pflanzen,
Kinder kriegen und barfuß gehen, auch im Winter.

Er sah beeindruckend endgültig aus,
als du gingst.

Und während ich immer die gleichen Blondinen
mit immer den gleichen Bewegungen in Stücke reiße,
sehe ich dich lustwandeln durch Urwälder,
sehe dich gesegnet mit Kindern
und unberührt Jahrhunderte erleben,
die nie kommen werden.

Nachrichten

Jedesmal gibt es Streit,
wenn mein Kommunist schreit:
DAS MUSS MAN POLITISCH SEHEN!
Man kann Geschichte nicht verstehen,
wenn man – wie du – besoffen ist.

Gut, gut – sage ich.
Du siehst das politisch. Aber was siehst du?
Fühlst du Hunger, wenn du fühlst?
Dein Verstand – glättet er Wogen auf Ozeanen?
Welche Politik macht satt? Welche Analyse
gibt dem, der nichts hat, Brot?

Nun werde nicht sentimental!
Damit kannst du den Weibern imponieren.
Man weiß ja, wie Emotionen funktionieren.
Im übrigen finde ich diese Mischung aus Suff
und Seele widerlich.

Gut, gut – sage ich.
Du siehst große Zusammenhänge.
Ich sehe Sterbende, die täglich ihre hundert Kilometer
durch den Dschungel laufen, ich sehe Hoffnungslose
auf der Flucht und Kinder, die in Handgranaten beißen.

Mein Kommunist wird verrückt
und läßt sich zu einer logischen Formulierung hinreißen:
mit Leuten wie dir ist Schluß, wenn wir siegen.

Gut, gut – sage ich
und leere noch eine Flasche
und lerne mit jedem Schluck
wie einem übel werden kann.

Kokain Kids
(Kinderreime aus der Gegenwart)

So sind die Kids
Und der Witz ist
Kokain.

Zum Lachen zu müde
Zum Sterben zu jung
So sind die Kids
Und kommen in Schwung

Sie nehmen den Spiegel
Sie schaun nicht rein
Sie schneiden ihr Kokain
Mit der Klinge klein

Ein Leben pro Tag
Und dann Lebewohl
Denn innen sind sie
Am liebsten ganz hohl

Sie beten zu Gott
Daß er nicht existiert
Und warten auf Wunder
Mal sehn was passiert

So sind sie gemeinsam
Mit sich ganz allein
Und schneiden ihr Kokain
Mit der Klinge klein

Nur eine Linie
Mal dies mal das
So macht das Sterben
Sogar Spaß

Nur eine Linie
Dann sind sie perfekt
Kein Mitleid für den
Der vorher verreckt

Ich brauch nur ne Nase
Dann seh ich ne Straße
Und renn hinterher

Die andern warten schon
An der Endstation

Wen die Götter lieben

Die Jugend liebt junge Leichen,
die nie das kritische Alter erreichen.
Verstehe, dachte auch so:
wen die Götter lieben?

Ein kurzen Leben und kippen.
Mit Mick Jagger's Lippen ins Gras beißen.
Kulturen und Kontinente verlassen,
jung sein und Hoffnungen hassen?

Waffenhandel statt Poesie,
der letzte Rebell –
das ist vorbei, die Nacht
kommt schnell.

Ein Vaterland gibt es nicht mehr.
Der Friede herrscht härter als Krieg.
Glück macht keinen mehr glücklich.

Träume enden mit dem Rücken zur Wand,
allein im Todesbett, das Bein verfault,
den Ärzten unbekannt.

Ich trinke aus.
Die Wirtin kassiert.
Was soll sich vollenden,
wenn nichts mehr passiert?

Gedicht

Im Halbschlaf bin ich am besten. Da gehöre ich
meiner Generation. Nicht einmal die Farbfotos von der Rückseite
des Mondes haben mir imponiert.
Ich dachte, ich könnte mir das nicht vorstellen,
aber dann war es ganz einfach. Es sah aus
wie auf dem Mond. Und die Farbfotos
waren eine Sensation.

Ein großes Leben? Ich könnte heulen.
Was hat mein Vater sich denn vorgestellt?
Und warum durfte ich ihn meiner Mutter nicht reinstecken?
Schwarze Sachen stehn mir – ist das noch immer Existenzialismus?
Bin ich, nach allen Erkenntnissen, die mir fehlen,
noch bei Verstand?

Da ist sie wieder, die große unangenehme Kraft der Gleichgültigkeit,
das Glücksgefühl des Teilnahmslosen, dessen Zärtlichkeiten
und Wutausbrüche plötzlich alt geworden sind.
Kann sein, daß ich bis zur Erschöpfung über die Austrocknung
der Sahara rede,
ohne die geringste historische Ahnung,
und mir gleichzeitig klar darüber werde,
daß mich ein unsichtbarer Frauenkörper mehr reizt.

Eines Tages, denke ich, wird da kein Unterschied mehr sein
zwischen dem, was tödlich ist,
und dem, was funktioniert.
Eines Tages wird meine Angst immer größer geworden sein
und ich werde die Fähigkeit, meine Angst zu verbergen, längst
so perfekt beherrschen, daß ich mich plötzlich
am meisten nur noch vor dieser Fähigkeit fürchte.
Sobald die Angst da ist, wächst sie.

Ich werde also, entgegen allen Ängsten,
meine Fähigkeit der immerzu in mir wachsenden Angst
anpassen.
Es schnürt mir die Kehle. Es drückt aufs Herz.

Ich mit meinem Lächeln,
das nur noch komplizierte Frauen begeistert.
Taugt das noch was?

Eine Freundin nach der andern,
und immer die Richtige.
Taugt das noch was?

Ist es das? Die Welt anschauen
die Hände in den Hosentaschen und bürgerlich
ein- und ausatmen?

Ich möchte im Moment nicht fliegen können, nein danke.
Auch nicht reich sein, nicht bunt, nicht blau,
nicht unsichtbar.

Eifersucht

Da saß ich
und war eifersüchtig.
Ich war eifersüchtig wie
ein zu kurz geratener Mexikaner.
Ich war krank vor Eifersucht
und größenwahnsinnig vor Selbstmitleid
und die Pulsadern warfen Schatten
an die Wand.

Ich mußte raus hier –
und kam erst am nächsten
Morgen wieder zurück.

Da saß sie:
eifersüchtig,
krank vor Eifersucht
und bewarf mich mit
weichen Kissen.

Ich wollte ihr alles erklären, alles –
nur das eine nicht: daß ich ebenfalls
eifersüchtig gewesen war.
Und deshalb begann ich zu lügen;
und bald stimmte die ganze Geschichte
nicht mehr – und dann
packte sie ihre Koffer.

In jener Nacht
war sie zärtlich und
sprach davon, daß sie mich
eines Tages umbringen wird.
Ich war auch zärtlich und sagte,
ich auch.

Ewige Liebe

Er hat gesagt,
diese Nacht dauert ein Leben.
Da hat sie sich hingegeben.
So haben sie eine Nacht
verbracht.

Glück ist ein trauriges Geschenk

Ich will, wenn ich liebe, allein sein.
Mir wird schlecht, wenn ich Liebespaare sehe.
Ich bin aus Rohheit romantisch
und verrückt nach Frauen, die mich verlassen.

Glück ist ein trauriges Geschenk,
ein Blick, verschwiegene Befehle.
Nehmt meinen Hodensack –
das ist auch Seele.

Schluss mit dem Mist und den Mythen um Marylin Monroe

Sie hat sich ausgezogen,
einen Polizisten geheiratet,
die Komparserie ergänzt
und schnell kapiert,

daß der Weg nach oben
nicht in den Himmel führt.
Und damit die Hollywood-Bosse
sie nicht gleich wieder vergaßen,

tat sie, was an der Tagesordnung war:
sie hat den Bossen einen geblasen.
So wird man zwar nicht immer ein Star,
aber sie schaffte es und machte Karriere.

Schluß mit dem Mist, sie wünschte, sie wäre
auf anderes angewiesen als große Rollen,
in denen sie dann so dumm und schön war,
wie es nur Männer wollen.

Darin lag ihr Genie,
was sie sich selbst nie verzieh.
Sie schluckte Tabletten,
um ihre Jugend zu retten,

heiratete einen Intellektuellen,
um unter Beweis zu stellen,
daß sie mehr war als Marylin Monroe,
ein Hollywood-Star.

Von da an ging's bergab.
Der Vorhang fiel.
Das letzte Handtuch auch.
Sie gehörte allen,

aber niemand war da,
als sie am Himmel jene Sterne sah,
die nur leuchten,
wenn sie fallen.

Ein letzter Flirt für Fotografen
in einem Swimmingpool in einem Atelier,
als wolle sie sich selbst bestrafen,
noch einmal nackt und schon passé.

Schluß mit den Mythen,
die übrigblieben.
Wir haben es alle mit ihr getrieben.
Sie war keine Göttin,

sie war Gift.
Und wir waren die Junkies,
die man im Kino
in der ersten Reihe trifft.

Kleinhesseloher See
(im Englischen Garten, München)

Da liegt der See,
die Zeiten ziehn darüberhin
wie tiefe Wolken.

Im Hintergrund,
im Eid der Ewigkeit,
die Alpen.

Hier gingen große Dirigenten
und hatten endlich die Hände
in den Hosentaschen.

Hier ging Rilke
und wollte sich wie Gott verschwenden
und litt, daß er dem Schwan nicht ebenbürtig war,
der wie im Wahn an ihm vorüberglitt.

Und dann und wann kam Thomas Mann
und fütterte die Enten.

Bertolt Brecht hatte ganz andere Pläne,
ohne Wahn und ohne Schwäne.
Er studierte beim Starkbier
die einfachen Leute.

Das gleiche tat Adolf Hitler;
er hatte bis heute beim deutschen Volk
den größten Erfolg.

Da liegt der See –
die Menschen drehen ihre Runden
vorbei an Schwänen, Enten, Hunden
und murmeln Nichtssagendes
über die Freude zu leben.

Am Quai von Siracusa

Die Möven lassen sich durch Winde fallen,
die Schiffe liegen wie auf Grund.
Das Meer steht still zu dieser Stund,
der dunkelsten von allen.

Kein Gast bewohnt im Grand-Hotel die Räume.
Verlassen stehn die Kaufmannshäuser da.
Hier ist die Schönheit ganz den Ende nah
und ohne Trost selbst deine Träume.

Den Löwen sitzt schon Moder im Gebiß.
Katzen gebären in leeren Palästen. Und
durch das Lächeln der Madonna geht ein Riß.

Eroberer sind hier an Land gegangen.
Die Fischer halten ihren Fang. Die Stadt,
Vergangenheiten überhangen, von Anfang an.

Auf einem Markt in Mexiko

Frauen
Männer
Steine
Staub

Wunder der Armut
die Würde des Menschen
erinnern den Tod

Leere Welt, leere Flaschen…

Frauen, die schöner sind
als alle Gedanken

Männer ohne Gedanken
Steine, schöner als Blumen
Staub, den auch eine mexikanische Revolution
nicht zu Gold machen wird.

Farben, die bluten
Dichter, die weder lesen noch schreiben können
Leere Welt der geladenen Pistolen

Niemand, niemand reden hören,
wenigstens solange nicht, bis die Weltrekordler
des Fortschritts aus den Sightseeing-Bussen steigen –
Señores, keiner da, der Zungen ausbrennt?

Das Denkmal und sein Double

oder wie man die Dinge von zwei Seiten sieht

Hoch über allem Grau
Liegt ihm die Welt zu Füßen
Er grüßt wie Diktatoren grüßen
Die Hand erhoben ins Blau
So soll er – tot und aus Stein
Den Mächtigen von Nutzen sein

Wir aber sagen: begrabt ihn
Es soll ihn die Erde verdauen
Wir werden der Erde ein Denkmal bauen
Wir wollen auch hinauf ins Blau
Auch wir werden die Hand erheben
Aber solange wir noch leben

Weihnacht

Weihnacht –
Weltkrieg der Wünsche,
Stichtag für Selbstmörder,
größte Einsamkeit.

Wer lag wo im Stroh?
Wie lange ist das her?
Ach so, so lange schon?
Na dann, kein Wunder,
daß keines geschieht.

Gute Nacht,
stille und heilige.
Ich bin vom Wünschen so müde
und müde vom Anschaun brennender
Kerzen, vom Warten auf
Schnee.

Ich könnte heulen –
und muß nur lachen.
Was soll man denn sonst
an Weihnachten machen?

Kempinski

Der Taxifahrer vertritt folgenden Standpunkt:
»det Berlin hättn se abreißn solln und im Westen
wieder aufbaun, Lüneburger Heide oder wo;
wir machen hier ja doch nur, wat de Russn wolln
– und det jeht mal so, mal so.«

Die alte Toilettenfrau lacht,
als ich die Wahlen erwähne.
Sie möchte auch zubeißen
»aber det jeht nich ohne Zähne!«

Das Zimmermädchen ist verliebt
und Politik ganz piepe.
Berlin? »Det is ne alte Frau,
die träumt nich mehr von Liebe.«

Der Nachtportier faßt sich kurz.
Was steht zur Wahl?
Der Osten ist kommunistisch
und der Westen sentimental.

An was denkst du?

Ich denke an den Abend unterm Mond,
als ich das erste Mädchen verführte –
aber es reichte nicht,
meine Erektion war kein griechischer Gott;
das Ding war nicht größer
als ein Wasserglas.

Das ist es,
an was ich mit Vergnügen
zurückdenke.

Liebling

Ach was,
was heißt: ich will nicht mehr?
Das geht doch hin und her.
Manchmal eine Stille wie vor dem letzten Schrei,
dann wieder Liebeslieder.
Das geht vorbei.

Bleib bitte bitte anonym,
wenn die Liebe die Beine hochkommt,
ergriffen und abgebrüht
um jede Nuance bemüht
zwischen Ja und Nein.
Gefühl ist nicht immer das Wichtigste,
ich kann das nachempfinden.
Sang- und klanglos die Augen schließen,
die Wunden verbinden,
das hautenge Kleid drüber –
man sieht dann nur noch die unsichtbaren Dinge;
das willst du doch?

Natürlich hast du recht: es passiert nichts.
Wie operiert man Depressionen?
Hat Schubert gehört, was er komponierte?
Und die Liebe (Inbegriff aller Erinnerung) – was ist los?
Was soll ich denn sagen?
Ein fremdes Parfum, ja.
Nein, keine Erleuchtung.
Deine Ausdauer, biologisch gesehen, einwandfrei,
aber das andere? die Urgewalt?
Aufeinander liegend untergehn
und endlich etwas von dem verstehn,
was ein Rätsel bleibt?

Wie tief hinab willst du sinken,
wenn du dich noch nicht einmal herabläßt,
zum Beispiel auf den Fußboden?
Komplizierte Fragen?
Du hast ja keine Ahnung.

Schreib in das Schulheft:
die Winterselbstmorde sind überstanden,
zehntausend Frauen heute und zehntausend gestern
und vorgestern, und die Männer
– das Universum abschätzend –
mit einem Blick auf die Uhr,
Sonne und Mond,
Dichterinnen und Deckhengste,
bevor die Erschöpfung alles vollendet.

Die ganze Tragik? Witterungsbedingt und Privatsache,
dieses Regenwetter zum Beispiel, das immer direkt
auf die Knochen klatscht,
Sonne gibt's nur bei der Lufthansa
und daß dich alle Frauen ignorieren, du Angeber?
Bei Liebesgeschichten war's immer der Dichter,
der kein Glück hatte.

Soweit wären wir am Ende,
nach all den Zeitaltern der Vernunft.
Selbst eine Panik wäre organisatorisch durchführbar.
Das Blut käme in riesige Behälter.
Das Fachwissen über Liebe und Haß? Auch das
läßt sich rekonstruieren. Wir wissen ja,
wie wir innen aussehen.

Dieses aufpeitschende Nichts nennt ihr Vielfalt:
die Füße mal warm mal kalt,
mal kopfstehn mal wandern,
keine Kaffeebohne gleicht der andern.

Das Große und Ganze und die Kleinigkeiten,
die Modefarben neuer Ewigkeiten,
das Entfernte, das Unbrauchbare –

welch eine Voraussetzung, Liebling,
für ein paar deiner Tränen.

Wenn mich etwas traurig macht,

dann das:
rausgeschmissenes Geld, zu viele Fragen
und an Regentagen der Glanz auf den Dächern,
wenn es einsam wird,
das Alleinsein.

Die eine sagt,
sie muß einen Kerl lieben, um es treiben zu können.
Die zweite liebt mich – und will deshalb nicht.
Die dritte wohnt in Hamburg.
Die vierte schminkt sich nach jedem Kuß.
Am Montagmorgen ruft die fünfte an
und will wissen, wie das Wochenende war.
Eine Schwangere bedankt sich
für den Optimismus, den ich ausstrahle.

Ich könnte verrückt werden –
was ich in meinem Alter für ausgeschlossen halte.

Aber du siehst,
es geht in meiner Einsamkeit
ganz realistisch zu.

Schwarze Serenade

Ich hoffe, Sie werden das alles verkraften, meine Herrschaften,
den ganzen Weltuntergang – und zwar von Anfang an.
Und dann, natürlich dann ein Knall,
der bald im All verklingt, als sei nichts gewesen,
weder Tiere noch Pflanzen noch menschliche Wesen.
Zwischen Sonne und Mond ist die Stille größer denn je.
Und wir, meine Herrschaften,
begleitet von den Ewigkeiten der Erinnerung,
beenden die Geschichtsschreibung.

Eine Sintflut, nicht wahr, wäre doch ungerecht
angesichts so vieler unsinkbarer Schiffe.
Und sicher können einige Jungfrauen zum fraglichen Zeitpunkt
plötzlich fliegen.
Überhaupt sind an so eine Katastrophe auch Hoffnungen geknüpft:
das Ende der Zivilisation, immerhin auch ein Fortschritt –
Geldverfall, das Ende zweifelhafter Karrieren,
die Intimsphäre ein Schmarren und Barrieren
überflüssig.

Selbst Selbstmörder haben jetzt andere Sorgen.
Das geht alle an. Jetzt sind alle dran.
Wir werden uns anschauen, entsetzt, hilfesuchend zum letzten Mal.
Dann krachen die Achttausender zu Tal.
Die Kugel bricht.
Der letzte Gott bleibt unsichtbar.
Ein Irrer spricht ganz plötzlich wunderbar vernünftig.
Gerade war es noch so nett, mein Herr.
Jetzt splittert das Parkett, mein Herr.
Was kann das sein?

Unter den Schuhsolen bewegt sich etwas von Tokio bis Caracas.
Rodin's Denker fällt vom Stein.

Alles stürzt ins Freie,
aber auch über das Freie stürzt es von oben herein,
platzende Safes, verkohlte Cafés, überall Leichen
und das symbolische Panorama der Andromeda,
soweit die Augen reichen.
Der Himalaya flach wie ein Teich.
Nur die Gläubigen singen, vom Ungeheuerlichen gesegnet,
ihr letztes Halleluja auf Gottes Reich.
Aber was nützt die Kraft von Psalmen auf überspülten Hochgebirgsalmen?
Und was ein Vater unser im freien Fall?
Sei's drum, verehrtes Publikum.
Noch steht der Storch auf einem Bein,
doch morgen kann das anders sein.

Nun hat ja das Warten auf die Explosion
bei uns schon Tradition:
daß die Welt untergeht, haben vor uns schon andere gesehn,
zum Beispiel beim Anblick tropfender Kerzen die Dichter –
und die Menschen beim Anblick anderer Menschen.
Beim eiskalten Drink, dem letzten Vergnügen,
sich mit dem Rätselbild vom Untergang begnügen – wie angenehm!
Ein Gespräch über das Ende von allem,
das nukleare Halali.
die Austrocknungsthese.
die Vereisungstheorie –
und das jetzt, wo die Wand einstürzt und weltweit
die Welt untergeht. Entsetzlich viele Menschen,
entsetzlich hoffnungslos.

Öde Optimisten, schlechte Luft, graue Häuser,
mein Kopf, mein Gott, meine Geliebte,
Freunde des Atomzeitalters,
die hundert Paläste der Bitterkeit
und die Liebe, da ist sie wieder,
nutzlos und unangefochten
als Idee.

Selbst das blaue Wunder geht unter.
Stunde Null. Tanzendes Eisen. Tödlicher Beton.
Das kennen wir natürlich schon.
Die Phantasie geht in die Knie, am Abendhimmel zeigt sich ein Komet.
Das geht alle an. Jetzt sind alle dran.
Jetzt phantasiert nur noch die Realität.
Europa – knietief radioaktiv!
Deutschland – endlich uninteressant! Ein Fetzen Glut mit Staub drauf
von kosmischen Gestirnen.
Amerikanische Wolkenkratzer – nur ein Stockwerk hoch.
Die Satelliten funken Funkstille.
Im All verhallt der Knall; von dort stammt die Idee.
Wieder eine Sauriergeneration ausgestorben.
Alle tot, Herrschaften, alle –
ein demokratischer Anblick.

Und die Erde weht wie Abfall
ans Ende einer Milchstraße.
Gerade war es noch so nett, mein Herr.
Jetzt splittert das Parkett, mein Herr.
Entsetzlicher Gedanke, plötzlich frieren beim Küssen
und mitten im Tanz aufhören müssen,
ohne Chance.
Jetzt ein Kunststück – und wir wären gerettet!
Wozu taugt denn die Kunst? Nur Kunst? Nur Fragen?
Nur Niederlagen?

Für meine Mutter

Aus Cezannes Äpfel hätte sie Apfelmus gemacht –
das alles beeindruckt sie nicht,
solange folgende Fragen ungeklärt sind:
wer kocht und wäscht und sorgt für mein Kind?
Das hat Vorrang vor aller Kunst.
»Wenn ich sterbe« schreibt sie, »was dann?«
Vom beigelegten Geld für ein gutes Essen
kaufe ich Zigaretten und Papier,
rauche und schreibe
und liebe sie.
Sie ist meine Bäuerin,
sie kennt die Absturzstellen
meiner Höhenflüge.
So müßte das Leben sein:
das Mißlungene vollenden
mit einem selbstgebackenen Kuchen.

Ballade vom Bastard

Wer einmal saß
und trocken Brot und Suppe aß
und wieder unverdaut ins Becken spie,
der weiß: die Zelle draußen ist wie die
hier drin, nur für die große Freiheit
etwas umgebaut.

Er ist gerade aus dem Knast gekommen
und hat sich gleich vom letzten Geld
die erste Frau gekauft und schnell
und wild wie ein Rebell genommen,
weil ... wo er herkommt, gab's das nicht,
nach dem er so verrückt war nachts
und dann, so viele Jahre lang,
den ganzen nächsten Tag.
Die Wände wie ein Folterkreis,
das Herz so leer, so kalt gemacht
wie Erdbeereis.

Er hat sich Pin-ups an die Wand geklebt
und angestarrt und dann geträumt wie ein Bastard,
wie weiß die Wolken über Wälder ziehn,
dorthin ist er im Kopf gegangen,
so totgesagt und schrecklich
eingefangen.

Nun ist er wieder frei
und sieht im Spiegel gegenüber sein Gesicht,
erkennt es nicht
und nimmt die Faust
und schlägt hinein
und trinkt sein Bier

und leckt sein Blut,
es ist gottlob noch heiß,
das Herz so leer, so kalt gemacht
wie Erdbeereis.

Dann geht er fort, weil …
wohin will er zurück?
Um raufzukommen, hilft ihm keine Leiter.
Und unten findet er kein Glück.

Domenica

Ich will gar nicht wissen, was Babylon zu Fall brachte. Ich weiß es. Domenica, linkes Fenster, Haus zehn, Herbertstraße.
Ich nenne sie eine Hure, weil sie eine Hure ist. Ich werde sie verherrlichen. Ich will sie verherrlichen, wie die Mexikaner ihre weißen und schwarzen Marias verherrlichen, die sie barhäuptig und mit begehrendem Lächeln anbeten.
Domenica ist eine Hure bis hinein in ihr großes, träges Herz; und sie ist bis in die Beine eine Frau.
Sie ist keine tragische Nummer und kein gefallener Engel. Keine Schnalle, die geizig vom Ersparten träumt und von einer soliden Partie. Keine mit einem Anker auf ihrem Bizeps.
Was sie macht, macht sie richtig. Und wenn sie mit ihrem Hintern wackelt, fließen die Flüsse bergauf.
Zum Teufel mit den Huren, die sich immerzu nur zu schade sind. Die ihre Beine nur noch aus Rache breitmachen. Die ihr Loch heilig sprechen. Die in Gedanken ausspeien. Die ihr Leben verfluchen und die Verfluchten ausnehmen, zimperlich und hohlwangig, frech und häßlich. Pritschen, die keine Arbeitsmoral kennen – und die wohl nur eines im Sinn haben, nämlich abstoßend perfekt um alle Lust, um alles Vergnügen zu betrügen.
Was soll man denn mit einer solchen Hure anfangen, deren Kopf so voll ist mit Ekel, Abscheu und Haß? Die nicht mehr kennengelernt hat als enttäuschte Hoffnung? Die den ganzen lieben Tag lang jammert, wie schlecht die Welt ist, jammert und jammert, daß die Männer alles Schweine sind, die nur das eine wollen – und die aber den Kopf erst recht hängen läßt, wenn kein Schwein sie mehr anschaut, geschweige denn haben will.
Wo sind die Huren, die ihren Beruf noch mit Freude und Frömmigkeit ausüben? – ohne daß einem Mitleid alle Manneskraft nimmt und ein Seufzer gleich Untergangsstimmung ankündigt?
In einem seiner Gedichte schreibt William Blake drei erstaunliche

Verse: »Bei einem Eheweibe würde ich mir wünschen/ was man bei Huren immer findet/den Ausdruck gestillten Verlangens.«
Ich habe gestilltes Verlangen auf dem Gesicht einer Hure auch wahrgenommen, aber nur beim Kassieren der Scheine. Ich habe in den Gassen, den Straßen und Kontakthöfen nur böse und gelangweilte Gesichter gesehen. Ich war schon sauer, wenn ich »Mein Süßer« hörte, weil es immer der gleiche Tonfall war. Perfide Diebinnen, die sie sind. Fließband-Schicksen. Leichen, die mein Leben veröden lassen.
Welche Anmaßung, daß sich solche Erscheinungen als Huren anbieten. Huren müßten doch eigentlich mitbekommen haben, wie schwer es ist, seine Kröten zu verdienen. Warum also nur kleinlich und schnöde die Männer abkassieren und bestehlen? Männer, die ihr mühsam verdientes Geld auf den Kopf hauen? Nichts gegen eine schnelle Nummer, von mir aus in voller Montur! Aber fünfzig Mark für fünf Minuten Phantasie, ist das zuviel verlangt?
Seit ich Domenica kenne, kann ich mich nicht mehr beklagen.
Solange ich denken kann, habe ich nach so einer Hure gesucht. Ein pralles Weib, dem ich mich hundeähnlich an die Schenkel hätte lehnen dürfen – mir wäre alles recht gewesen. »O Gott, gib mir eine Hure, immer und ewig.« Das hatte Henry Miller geschrieben, und es gefiel mir, als ich zwölf war.
Ich malte mir aus, wie ich mit ihr die Welt erlöste, von der die Zeitungen im Lande behaupteten, sie leide an Verstopfung. Gebt mir, ihr Huren, meine Chance – ich will auf alle sieben Himmel spucken.
Aber die Sache sah anders aus. Ich hatte die Hosen gestrichen voll. Irrte off limits um die Ecken, meine Kniekehlen zitterten bis zum Kehlkopf, meine Ohren hörten nicht, meine Augen schauten nicht. Ich wagte die Mädchen, die in einem schlecht beleuchteten Hauseingang standen und auf Kundschaft warteten, nur zu beobachten, wenn ich sicher war, sie hatten mich übersehen. Ich brauchte Tage und Wochen, um mich endlich aufzuraffen.
Und dementsprechend war dann auch meine Premiere. Ich ließ mich anlocken. Sie befummelte mich schon beim Hinaufsteigen in ihre Kammer. Sie mußte sich nicht einmal die Mühe machen, meinen Hosenlatz

zu öffnen. Ich gab ihr mein gesamtes Vermögen dafür, einen gefalteten Zehnmarkschein und ging wieder.
Wer hatte mich betrogen? Das Mädchen oder dieser Miller aus Amerika? Hatte er nicht geschrieben – und hatte ich ihm nicht geglaubt –: »Wenn man eine Hure hat, besitzt man ein Juwel«? Er wollte eine Welt, »wo die Vagina durch einen einfachen, ehrlichen Schlitz dargestellt ist«. Und nichts anderes wollte ich auch. Also machte ich Jagd auf Juwelen.
Was Freude machte, machte nur Angst. Und die Angst machte mich wütend. Es war zuviel Erziehung an mich verschwendet worden.
Ich war eilig, als ich zu Huren ging ... heilig wie alle Schüler des Lebens; aber so gab's keinen Blumentopf zu gewinnen.
Ich kannte nur Wünsche. Ich war maßlos im Wünschen. Ich suchte die Hure, von der geschrieben stand, daß sie zwischen den Beinen glühe, daß sie die Männer verrückt mache mit allem, was an ihr dran ist. Eine, die ausspricht, was ich noch nie gehört habe. Die bei der Sache ist, ohne den sterbenden Schwan aufzuführen, während ich bei ihr im Bett liege. Ich suchte nach Augen, die mich mit Heiterkeit überfluten, nach Händen, die leicht sind. Suchte nach Hüften, breit genug für viele Männer, für die, die vor mir da waren und die, die nach mir auftauchen werden.
Peitscht mich aus, ihr toten Dichter – peitscht mich aus mit allen Peitschen meiner Phantasie. Raus aus den Schatten, die seit Baudelaire an allen Wänden kleben. Ins Bett mit Molly Bloom, mit allen Dirnen der Weltliteratur. Alles, wofür ich leben wollte, war unerreichbar.
So arbeitete ich mich also vorwärts, durch das Panorama deutscher Bordelle, durch das System der Zuhälter, der Profite, der Verachtung – durch das kalte Dämmerlicht bemalter Neonröhren, durch die Standards der modernen Hygiene. An Mauern vorbei, an denen sich primitive Künstler zu schaffen gemacht hatten mit ihren Visionen. Die gute alte Zeit. Die Laterne. Irma la Douce und ihr Pudel. Mädchen im Dienste der Liebe, alles in grellen Farbtönen. Der Höllensturz als Faschingsscherz. Freudenhäuser ohne Freude. Traurige Schlitze. Das leichte Gewerbe tonnenschwer. Blutjunge Teenager, die von nichts eine Ahnung hatten. Perückte Hausfrauen. Frauen, die älter waren, älter als die eigene Mutter. Es gab keinen Grund, wählerisch zu sein. Ich habe es

mit allen gehabt. Mit den Fräulein-Junkies. Mit deutschen Schwedinnen. Mit dem ganzen, jeder Lust entrissenen Ensemble.
Ich kam und ging – und mein Wünschen wuchs. Daß ich heilig war, ging ins Geld – die Teufelstänzerinnen standen sich die Beine in den Leib, während ich meine Wiedergeburt erträumte.
Ich bin ein ganz normaler Freier. Ich bin kein Sado und kein Maso. Ich möchte nachts keine Frau sein. Weg mit dem Todeselexier, den aufblasbaren Titten, den abwaschbaren Pornoheften.
Ich will eine Hure auf die gleiche Weise wie ich auch eine Frau will. Ich will auch die Frauen nie ganz – auch die nicht die ich eifersüchtig liebe.
Ich wußte nicht, daß sie Domenica hieß – und noch weniger, daß sie eine Hure war. Ich lag bei Nischi in Hamburg in der Sauna, war müde von zu wenig Schlaf und zuviel Alkohol, hatte ein Badetuch um und eine Stunde Zeit.
Sie lag auf einer Liege am Swimmingpool, neben ihr ein Mann, ein Brocken von Mann. Die beiden hatten auch wenig Schlaf und viel Alkohol gehabt vergangene Nacht.
Niemand sprach etwas. Wir drei waren allein.
Ich beobachtete sie vorsichtig aus den Augenwinkeln heraus, schließlich wolle ich keinen Streit. Sie schien mich auch zu fixieren.
Als ihr Begleiter in die Sauna ging, folgte sie ihm – und ich folgte ihr. Ich wäre nicht bei Verstand gewesen, wäre ich liegengeblieben.
Ihr Gang wirkte wie die Fortbewegung einer tropischen Schlingpflanze. Sie war fett und saftig. Eine schlafende Schlange. Ein Wildwuchs, der Millionen Jahre überdauert hatte. Stellt sie auf eine Muschel – und malt die Fresken neu.
Sie hatte ein Badetuch verknotet über ihrer Brust, aber ich sah auch so, welche Offenbarung sie da verhüllte. Die Mutter unserer Welt könnte es nicht mit ihr aufnehmen. Sie mußte in der Lage sein, zweiundzwanzig Zwillinge – und Romulus und Remus dazu – zu stillen.
Ich saß noch keine Minute, als sich Domenica neben mich setzte, ohne irgendetwas gesagt zu haben oder sagen zu wollen, und mir die Beine öffnete mit ihrem Mund.
Die Grenzen der bekannten Welt lagen in Schutt und Asche. Ich verließ

Hamburg und flog über Deutschland dahin, als sei ein Flugzeug überflüssig. Der Himmel hatte die Farbe, mit denen man Irrenhäuser streicht.

Nach einem Jahr war ich wieder in Hamburg, aber ich tat, als sei das alles erst gestern gewesen. Ich wußte immer noch nicht, wer Domenica war. Wenn sie nur einfach – wie ich – ein Hotelgast gewesen war, standen meine Chancen schlecht, sie wiederzufinden.
Ich ging ins gleiche Hotel wie damals, und gleich in die Sauna und wartete auf das Wunder.
Ich wartete vergebens und beschloß, Marion zu besuchen, mit der ich befreundet bin und die in der Herbertstraße arbeitet.
Aber bis zu ihrem Haus kam ich garnicht, denn in einem der vielen Fenster entdeckte ich Domenica. Da saß sie. Das Fresko einer Liebesgöttin. Meine Ur-Hure. Meine Erdenmutter. Und dabei alles andere als symbolisch. Sie saß da wie hinphantasiert in dieses Milieu. In ihrem schwarzen Kleid mit dem Ausschnitt, ihren Stöckelschuhen und Seidenstrümpfen, die Haare streng nach hinten gekämmt, wo sie zu einem Dutt verflochten waren, sah sie aus, als warte sie auf einen König. Ich war der König.
Ich blieb wie angewurzelt stehen. Sie öffnete das Fenster und koberte mit 50 Mark. Aber wenn ich es nett haben wollte, sollte ich das Doppelte zahlen. Ich zahlte das Doppelte.
Sie erkannte mich nicht, wie auch. Sie hat 364 Tage lang Kundschaft, jung und alt, Lauf- und Stammfreier. Und sie hat genau so viele Nächte, um sie alle zu vergessen.
Ich fragte sie ein bißchen aus – nicht etwa, warum und wieso sie als Stricherin geht, das überlasse ich fassungslosen Ehemännern.
Sie arbeitet Nachtschicht, ziemlich regelmäßig und ohne Zuhälter. Da sie nicht wie eine Deutsche aussieht, tippe ich auf Spanierin. Ihr Vater war Italiener – ein einfacher, schweigsamer Mann aus den Abruzzen. Von ihm erzählt sie mit Zuneigung, und nur seinetwegen würde sie als Hure aufhören. Da er aber tot ist, erübrigt sich das. Wenn man Domenica anschaut, spürt man, wieviel Heimweh und wieviel Sehnsucht dieser Italiener ihr vererbt hat. Das Heimweh nach Erde und Landschaften

– und seine Sehnsucht nach einem einfachen, kompromißlosen Leben. Stattdessen lebt sie in St. Pauli und das Leben dort ist nicht einfach – wenn einer hier nicht bereit ist, Kompromisse zu schließen, weh ihm!

Wir wurden ein sonderbares Liebespaar, vor allem deshalb, weil wir nicht wußten – oder nicht wissen wollten – ob wir überhaupt verliebt waren.

Wir segelten wie eine angeschossene, aber prächtige Fregatte auf Halbmast und genossen laue Winde, dabei waren die besten Seeleute an Bord, die das Ruder jederzeit hätten herumreißen können. Wir hätten Kriege gewinnen können, aber warum Kriege, wo es in den Winden bis auf weiteres so angenehm war?

Mein Verliebtsein beruhte auf dem stillschweigenden Abkommen, daß keiner einen Fehler beging; womit ich ausdrücken will, daß ich sie nicht als zartfühlende Freundin begehrte, sondern als fremde Frau. Ich dachte noch einmal an Miller, dessen Stoßgebet mir in den Sinn kam: was zum Teufel soll man mit einer zartfühlenden Hure anfangen? Ich war viel zu scharf auf Domenica, als daß ich mit ihr nur hätte aufregende Gespräche führen wollen. Ich verteidigte die Quelle aller Lust, bevor sie sich in Wohlgefallen auflöste. Leidenschaft und Freundschaft – ein tödliches Duell.

Da Domenica Großzügigkeit angeboren ist, steckte sie mir Geld zu, wenn ich sie besuchen kam. Sie steckte es mir, ohne daß ich es gleich merkte, in die Jacken- oder Hosentasche. Und als ich es entdeckte, wollte ich mich wehren. War ich ein ausgemisteter Teddybär? Die Hure und der Dichter? Aber Hurengeld kitzelt! Ich nahm es. Ich akzeptierte, daß sie mich bezahlte – sie bezahlte mich eines Tages sogar dafür, daß ich mit ihr schlief.

Jetzt war ich die Hure. Es ging hin und her. Sie war glücklich, wenn wir in wunderwirkender Verkehrung im Bett lagen. Sie hatte ein paar Scheine hingelegt und wollte selbst Freier sein.

Unsere Duelle waren närrische Spielereien. Die Überraschungen nahmen kein Ende. Unsere Körper kochten keine Überzeugungen gar. Ich war nicht Charly, der Ölmann, und ein Berufs-Mittelstürmer war ich auch nicht. Ich war kein schräger Senator auf Staatsrente und kein Antiquitäten-Millionär mit infantilen Handicaps. Daß ich Bücher schrieb, hängte ich zwar nicht an die große Glocke, aber eines Tags wußte sie Bescheid. Gottseidank hielt sich ihre Begeisterung in Grenzen. Die Hure und der Dichter? Sie will nur ein kleines Gedicht von mir – über sich; irgendwann in den nächsten Jahren. Woraus ich schließe, daß sie möchte, wir würden noch lange Freunde bleiben. Ihr Wunsch macht mich glücklich.

Das Geld, das sie mir zusteckte, hauten wir zusammen auf unseren Runden rund um St. Pauli wieder auf den Kopf. Wir sitzen bei Hanne in der »Ritze«. Siehe da – wen sehe ich? Den Brocken von Mann aus der Sauna. So haben sich inzwischen die Kreise geschlossen.

Ich bin offenbar der komplizierte Charakter, denn während ich mir Gedanken mache, wie wir unsere sexuelle Lust aufeinander stabil halten können, hat Domenica einfach nur Lust. Was immer ich an Komplikationen auftische, sie fegt sie wieder weg.

Manchmal glaube ich, daß sie alles begreift und mich längst völlig begriffen und durchschaut hat – meinen Hunger nach Übersättigung, meine schamlose Neugier auf Pfefferkuchen, meine Hurenlust, meine Lust auf die billige Nummer – und die Lust, sie anzuschauen, sie zu verherrlichen und ihr zu Füßen zu sinken. Sie kennt die Fauna und Flora des Morgengrauens. Ich bin der heilige Schüler.

Sie fühlt – ich denke. Ich denke an die Balance, die wir beide aufrechterhalten müssen – sie balanciert! Sie stößt mich in Abenteuer, während ich mich mit abenteuerlichen Ansichten herumschlage.

»Ich sitze hier, und der Mann kommt, um was mit mir zu machen« – das ist ihre Berufsauffassung, von der sich die Meute ein Stück abschneiden sollte.

»Ich neige dazu, meine Gäste aufzufordern, etwas mit mir zu spielen.« Aber es geht, wie sie enttäuscht hinzufügt, nur mit den Intelligenteren. So einer tauchte vor ein paar Tagen bei ihr auf. Ein gut aussehender, vierzig Jahre alter Mann, der sich nach einem Gang an allen Fenstern vorbei für Domenica entschied – was tatsächlich intelligent war. Er will

nicht gleich zu ihr aufs Zimmer, sondern bittet sie um ein kurzes Gespräch. Er erzählt ihr, warum er gerade sie ausgewählt hat: sie ähnelt seiner Tante – und diese Tante hatte er, als er vierzehn Jahre war, dabei beobachtet, wie sie es mit einem Fremden trieb. Er hat die Szene durchs Schüsselloch beobachtet – und seither geistert das Schlüsselloch und die Tante und der Fremde durch seine Phantasie, zwanzig Jahre lang. Jetzt endlich hat er sich dazu entschlossen, hierher zu kommen, um sie zu bitten, es mit ihm nachzuspielen, zu inszenieren. Domenica hat nichts dagegen, sie versteht den Mann, weiß wie ihm zumute ist – sowas kann einem schließlich das ganze Leben ruinieren. Man wird krank, Krebs bricht aus, die Ehe endet tragisch und der Kopf wird zur Zwiebel.
Wenn er schon solange daran denken muß, soll ihm geholfen werden. Sie handeln den Preis aus, woraufhin der Mann verschwindet und verspricht, wie verabredet, am nächsten Morgen wiederzukommen. Und wie er wiederkommt: mit Schultasche und Anorak und einem Mützchen auf dem Kopf. Und als er Domenica im Fenster sieht, ruft er »Hallo Tante«. Und Domenica antwortet: »Ah, da ist er ja, mein Neffe Christian.«
In der Schultasche sind keine Bücher und Schreibhefte, sondern all die Dinge, die er bei der Inszenierung seines Wahns benötigt. Und so spielen die beiden den ganzen Tag lang in der Herbertstraße die Phantasie dieses Mannes – wenige Schritte entfernt nur vom Ohnsorg-Theater, auf dessen Spielplan ja auch Komödien aus dem einfachen Menschenleben stehen.

Auf Deinem Antlitz, Domenica, habe ich es gesehen: den Ausdruck gestillten Verlangens. Sie ist eine Hure, deren Tugend darin liegt, daß sie errötet – wollte man von ihr anderes erwarten. Sie geistert durch die Seelen der Toten, und die Leiber der Lebenden. Sie hat den kleinen, halb ohnmächtigen Knirps, in dessen Hand ein gefalteter Zehnmarkschein steckte, erlöst. Und den Jüngling erlöst, der nur stammeln konnte von den Abgründen, in die man hineinstürzt ohne zu wissen, daß man fällt. Zum Teufel mit den moralischen Robotern, die keinen Respekt zeigen, nicht einmal vor den Huren, nicht einmal davor.

Mein Herr

Ach wissen Sie, mein Herr
Ich hasse Harmonie
Ich will den Himmel nicht
Nur bis zum Knie
Ich falle liebend gern
Aus jedem Gleichgewicht
Ich will den Himmel nicht
Nur einen Stern
Ich will, mein Herr
Nicht immerzu nur glücklich sein
Ich laß um Ja und Nein
Die Liebe streiten
So hab ich's gern
Mir fehlt, was quält
Was kümmern mich denn
Ewigkeiten?

Die Liebe halb,
die andre Hälfte Hassen.
Es ist ja nicht so leicht,
wenn man die Liebe mit den Liebenden vergleicht.
Fremdsein und nah,
verlieren und finden,
finden und verlassen.

Ach wissen Sie, mein Herr
Ich hasse Harmonie
Ich will den Himmel nicht
Nur bis zum Knie

Ach wissen Sie, mein Herr
So schön wie nächstes Mal vielleicht –
war es noch nie.

Es singt Gott
Es bringt Geld
Es finanziert die Liebe
Bald wird es Nacht werden
Gloria
Lautlos wie ein Mord im Smoking
Das Gefühl verstärkt sich
Das restliche Fleisch wird entworfen
Plasticman meets the Thing
Ein toter Mann bedient den Reaktor
Handgriffe die langes Zaudern unmöglich machen
Imagine There's NO tv

Dieses Gedicht stand auf der Umschlagrückseite vom Gedichtband Chucks Zimmer.

Es ist vorbei mit der Liebe.
Heute muß ein Mann einer Frau
etwas bieten können.
Etwas in der Art eines Ozeans,
ein paar zersprungene Sterne
und manchmal,
zum Weiterleben,
einen Mörder.

Dieses Gedicht stand exklusiv auf einer Zweitausendeins-Plastiktüte aus den 70er Jahren.

INHALT

Chucks Zimmer

Das leise Lachen am Ohr eines andern

Männer und Frauen

Letzte Gedichte